로크미디어가
유혹하는
재미있는 세상

ROK
MEDIA
로크미디어

이것이 밥이다

이것이 법이다 95

2020년 9월 7일 초판 1쇄 인쇄
2020년 9월 10일 초판 1쇄 발행

지은이 자카예프
발행인 이종주

총괄 김정수
경영 지원 배진경 임혜솔 송지유

기획 이기헌 왕소현 박경무 강민구
책임 편집 최전경

발행처 (주)로크미디어
출판등록 2003년 3월 24일
주소 서울시 마포구 성암로 330 DMC첨단산업센터 3층 318호, 319호
Tel (02)3273-5135 **편집** 070-7863-8592 **Fax** (02)3273-5134
홈페이지 rokmedia.com **E-mail** rokmedia@empas.com

ⓒ 자카예프, 2015

값 8,000원

ISBN 979-11-354-5679-4 (95권)
ISBN 979-11-255-9575-5 04810 (세트)

이것이 법이다

95

자카예프 장편소설

로크미디어

CONTENTS

사랑은 모든 걸 이긴다.
근데 보는 건 암 걸려

노형진의 영국행은 평소와 달랐다.

확실히 달랐다.

보통은 출장을 가면 그를 부른 사람이나 현지 새론 법인에서 차량을 보내 준다.

그것도 아니면 렌터카를 빌리거나.

하지만 이번에 그를 기다리는 차량은 리무진이었다.

"족히 5미터는 되겠는데?"

그것도 아주 긴 리무진. 도대체 저걸 어떻게 움직이나 궁금할 정도로 긴 놈이었다.

"타시죠."

리무진에 타니 안쪽에 아예 방을 꾸며 놨다.

냉장고에는 온갖 비싼 술이 들어 있고, 움직일 수 있는 모니터에는 빔 프로젝터까지 있다.

"어, 음. 반갑습니다."

노형진은 그곳에서 처음으로 의뢰인을 만났다.

이런 부를 가진 사람이라는 느낌과 다르게 핼쑥한 얼굴의 남자.

"안녕하십니까? 폴슨가의 클락 폴슨이라고 합니다."

마음고생이 심했던 탓일까, 인사를 하는 남자의 낯빛은 아주 시커멨다.

그 사람을 보면서 노형진은 놀랐다.

'그러고 보니 로미오와 줄리엣은 원래 미성년자라고 하지 않았던가?'

영화에서는 성인으로 나오지만 원작 소설에서 줄리엣의 나이는 14세다.

로미오는 나이에 대한 언급이 없지만 대부분 16세에서 17세 정도를 예상한다.

그런데.

'에이, 설마?'

눈앞에 있는 사람은 아무리 봐도 어렸다.

사실 서양인들은 아무래도 동양인보다 나이가 들어 보이는 부분이 있다. 그래도 노형진은 미국에서 오래 살아서 대충 그들의 노화 속도를 안다.

"죄송한데 나이가……?"

"네? 아, 제 나이에 대해 못 들으셨나 보군요. 열일곱 살입니다."

'아이, 썅.'

고작 열일곱 살짜리의 사랑놀음에 영국까지 왔다는 사실에 노형진은 한층 더 암에 걸릴 것 같았다.

"혹시나 해서 묻는 건데, 여자 친구분 나이는 어떻게 되십니까?"

"올해 열다섯 살입니다."

'이것들이 진짜!'

노형진은 기가 막혔다. 미성년자들의 사랑놀음이라니.

'뭐? 고작 이런 일 때문에 돈을 걸고 전문가를 초빙해? 아니, 미쳤나? 그리고 뭔 놈의 맘고생을 했기에 애 얼굴색이 이렇게 시커메?'

노형진이 듣기로는 여기서 문제를 해결하는 데 10억을 걸었다고 한다.

물론 상대방이 영국 귀족가, 그것도 아주 명문이라고 하지만 그렇다고 해서 10억이 절대 작은 돈인 것은 아니다.

그런 노형진의 시선을 느낀 것일까? 클락 폴슨이라고 자신을 소개한 소년은 힘겹게 얼굴에 미소를 띠었다.

"무슨 생각을 하시는지 압니다. 하지만 저희는 진지합니다."

"그러실 거라 생각합니다. 그러니까 10억이나 거셨겠지요."

물론 그 터무니없는 돈이 알뜰살뜰 모은 용돈일 것 같다는
게 웃기지만.

마음에 들지는 않지만, 부자들이 사는 세계는 일반적인 사
람들과 완전히 다르다.

그건 노형진도 마찬가지이기도 하고 말이다.

그런 노형진의 마음을 안 건지 클락은 묘한 미소를 지었다.

"처음에는 저희도 얼굴을 드러내고 알아보려고 했습니다.
하지만 대부분 치기 어린 사랑놀음으로 취급하시더군요."

그래서 도와주겠다는 사람이 없어서, 어쩔 수 없이 자신들
의 신분을 감추고 소문을 냈다는 것이다.

다행히 둘 다 막내인지라 두 집안의 성인 자녀들의 일인
줄 알고 몇몇이 오기는 했다고 한다.

"오기는 했다, 그 말은 해결하지는 못했다는 뜻이군요."

"방법이 없으니까요."

지금 폴슨가와 디어슨가는 원수다.

그들을 설득하기 위해서는 그 살인 행위가 존재하지 않는
다는 확실한 증거가 있어야 한다.

"그런데 온 사람들이 죄다 무당 같은 이들이었습니다."

그들이 초혼이니 뭐니 해서 살인은 없었다고 주장한다 해
도 현실적으로 그걸 증명할 수는 없으니까.

당연히 집안 어른들을 설득하기 위해 물증이 필요한 클락
에게는 턱도 없었다.

"그래서 그걸 찾아 줄 수 있는 사람을 찾아 달라 한 거군요."

"네."

"끄응."

노형진은 신음을 냈다.

'이러면 이거 완전 나가리인데.'

그가 영국까지 온 이유가 뭔가?

그들을 화해시키고 그 대가로 영국에서 받을 수 있는 도움을 받아 보려고 한 것이 아닌가?

노형진 입장에서는 고작 10억 때문에 고생할 이유가 없다.

'그런데 이렇게 어리면 의미가 없는데?'

후계자도 아니고 막내다.

지금이야 보나 마나 첫사랑이라 죽네 사네 하고 있지만 아마 2년도 가기 전에 죽이네 살리네로 바뀔 것이다.

"속여서 죄송합니다."

"하아."

클락은 쓴웃음을 지으면서 사과했고, 노형진은 그저 한숨으로만 답했다.

물론 귀족을 앞에 두고 예의가 아닐 수도 있지만, 어찌 되었건 먼저 속인 건 저들이다.

"뭐, 여기까지 왔으니 좋습니다. 제가 알아보긴 해 드리지요."

노형진은 어쩔 수 없다는 듯 어깨를 으쓱했다.

"두 가문이 화해할 수 있다면 뭐 그것도 나쁘지 않을 것 같고요."

"그러면 저희뿐만 아니라 저희 형님도 두 손을 들고 환영하실 겁니다."

"형님이요?"

"아무리 저희가 용돈이 많아도 10억은 없습니다."

쓴웃음을 짓는 클락.

"형님도 마음에 두고 있는 아가씨가 있는데 그쪽 집안이 디어슨가의 파벌에 속해 있거든요."

"그래요?"

"네. 제가 이야기하니 사실대로 말씀해 주시더군요."

장남이라는 책임감 때문에 차마 말하지 못하고 있다가 동생이 먼저 이야기하자 말을 꺼낸 모양이었다.

"그렇다면……."

뭐, 아예 꽝은 아닌 셈이다. 한 다리 건너는 셈이긴 하지만. 이들이 잘되면 그에게도 기회가 올 테니까.

"하지만 방법이 있을까요?"

"글쎄요."

노형진은 머리를 긁적거렸다.

일단 디어슨가의 조상이 자신이 죽였다고 자백한 것은 사실이다. 공식 기록에 남아 있으니까.

문제는 이유다.

'어째서 죽인 거지?'

더군다나 1차대전의 전쟁터에서 벌어진 일이다. 그들이 전우라면 서로를 죽일 이유가 없다.

"사건 기록을 봐야겠지만, 일단은 모든 가능성을 열어 두고 생각해 봐야지요."

노형진은 괜히 입맛을 다시면서 말했다.

하지만 그런 노형진의 말에 클락은 고개를 저었다.

"이미 서류는 수십 번 들여다봤습니다. 서류상으로는 살인이 벌어질 수가 없었습니다. 정황상 살인이 벌어질 상황도 아니었고요."

"그런데 살인을 했다고 자백했다고요?"

"그래서 집안끼리 원수가 된 겁니다. 살인을 할 상황도 아니고 살인을 할 이유도 없었으니까요."

차라리 원한이 있거나 사이가 안 좋았다면 이해라도 하겠는데, 그것도 아니란다.

노형진은 그걸 들으면서 고개를 갸웃했다.

"그런 이야기를 해 준 게 누군가요? 설마 무당이 초혼해서 해 준 겁니까?"

"무당이 이 정도로 자세하게 설명해 줄 수 있었다면 문제는 벌써 해결되었을 겁니다. 하지만 아닙니다. 이 이야기를 해 준 건 로빈 경입니다."

"로빈 경?"

"우리 가문의 뿌리를 조사하도록 고용된 분입니다. 일종의 가문의 역사학자라고 보시면 됩니다. 형님의 추천으로 사건을 부탁드렸습니다. 그나마 저희가 아는 정보는 다 그분이 조사한 겁니다. 그런데 그분도 원인은 못 찾았고요."

노형진은 머리를 긁적거렸다. 가문 전담 역사학자가 있을 줄은 몰랐으니까.

'그런데 그런 사람도 답을 못 찾았단 말이지. 이거 쉬운 일은 아니겠는데.'

수십 년간 그 가문만 파고든 사람도 모르는 걸 노형진이 찾아낸다는 게 결코 쉬운 일일 리가 없었다.

'하지만 그 사람을 만나는 것부터 시작하는 게 나쁜 선택은 아니겠군.'

그가 아는 걸 받아 낼 수 있다면 최소한 그만큼 시간을 줄일 수는 있을 테니까.

"혹시 그 로빈이라는 분, 뵐 수 있을까요?"

클락은 미소를 지었다. 그 말은 자신들을 도와준다는 의미니까.

"언제든지요."

그의 얼굴은 아까보다는 조금 환해진 것 같았다.

⚖️

"이건 이유가 없는데."

폴슨가의 조상인 찰슨 폴슨.

그리고 디어슨가의 조상인 던킨 디어슨.

이들은 분명 기록에 남아 있었다.

그리고 그들은 친했다.

그냥 알고 지내는 사이도 아니고, 아주 친했다.

"한국식으로 표현하자면 죽마고우였습니다."

피곤한 얼굴로 눈을 문지르는 남자.

그는 가문의 뿌리를 추적하는 것을 전문으로 하는 역사학자 로빈이었다.

"그런 표현도 아십니까?"

"한국에서 5년 정도 연구했습니다. 한국의 성씨 전달 시스템은 우리로서는 상당히 흥미롭거든요."

"그래요?"

"네. 한 가문의 모든 출생자의 이름을 호적이라는 시스템에 적고 관리하다니. 아마 유럽이 그랬으면 우리 가문 역사학자들은 아예 존재하지도 못했을 겁니다."

"영국도 성을 이어 가지 않던가요?"

"이어 가기는 하지요. 하지만, 그 족보라고 하던가요? 책한 권에 가문의 직계를 모조리 적어 두는 것은 없습니다. 설사 있었다고 해도 이제는 의미가 없지요. 그걸 쓰는 가문이 많았던 것도 아니고요. 하지만 한국은 아직도 거기에 기록하고 있지요?"

"그렇지요."

"그런 게 대단하다는 겁니다. 최소 수십 대 위의 조상의 이름을 안다니. 저 같은 사람 입장에서는 축복이지요."

"역사를 추적하는 게 뭐 흥미로운 일이기는 하지요. 이번 사건만 빼고 말이죠. 이건 뭐 답이 안 보이는데요?"

노형진은 서류를 뒤적거리며 투덜댔다.

역사적 기록은 많은데 그 당시 두 사람에 대한 건 단 한마디도 없다.

그런 노형진을 보면서 피식 웃으며 말하는 로빈.

"어찌 되었건 저도 부탁을 받고 와서 일하는 처지이기는 하지만 이건 답이 없어요. 그나마 그 관련 일을 추적하는 게 재미있기는 하지만."

아무리 오래전 일을 추적하는 게 그의 특기라고 해도, 난데없는 살인 사건을 추적할 수는 없다.

"전쟁터에 간 이후의 기록에 관해서는 아무것도 없으니까요. 그나마 제가 조사한 바에 따르면 전쟁이 터지기 전까지만 해도 그들은 친했습니다."

노형진은 고개를 끄덕거렸다.

"그래서 더 이해가 안 갑니다. 전쟁터라면 서로 더욱 친밀해질 수밖에 없지 않습니까? 그런데 왜 죽인 걸까요? 뭔가 부족해서?"

"그럴 가능성은 낮습니다."

로빈은 고개를 흔들었다.

"다른 나라는 모르지만 영국의 귀족가에서 가장 먼저 배우는 건 인내심입니다. 참는 법도 모르는 놈은 귀족으로서 명예도 없는 법입니다."

"그건 그렇겠네요."

노형진은 인내심이라고는 쥐뿔도 없는 한국의 재벌을 생각하며 피식 웃었다.

그들에게 인내심이란 미덕이 아니라 약해 보이는 약점이었다.

그들이 인내심을 보이는 경우 단 하나, 돈이 달려 있을 때뿐이다. 그나마도 이제는 점점 없어지고 있지만.

"어찌 되었건 그 당시 전선에 보급이 부족한 것도 아니었으니까요."

"지원은 빵빵했나 보죠?"

"1차대전의 전술은 결국 참호전이었으니까요."

그 당시에는 제대로 된 참호 방어선이 없었다.

탱크가 있기는 했지만 제대로 주행하기도 힘들 정도였기에 참호를 돌파하는 것은 무리였다.

결국 전쟁은 최대한 참호를 길게 파서 서로가 넘어오지 못하게 한 채로 수년간 대치하는 게 보통이었고, 그 참호의 길이는 수십 킬로미터에서 길게는 수백 킬로미터씩 이어지기도 했다.

"참호전이라는 것은 뒤쪽으로 적을 두지 않는다는 것을 의미하죠. 상대방의 우회기동을 막기 위해 점점 참호의 길이는 길어졌고요."

사망 사건이 벌어진 당시는 전쟁의 막바지였다.

당연히 그 참호의 길이는 어마어마하게 길었다.

"그런 상황에서 보급이 끊어지는 일은 드물었습니다."

최소한 후방은 안전했으니까.

물론 그게 보급이 충분하다는 뜻은 아니다.

아무래도 전쟁터라는 특성상 그 지역의 도로 같은 게 멀쩡하기는 힘들다.

참호를 깨기 위해 미친 듯이 포격을 가했으니까.

"하지만 그렇게 서로를 죽일 정도로 절박하지는 않았겠군요."

"네. 맛없는 음식으로 연명을 할지언정, 그것 때문에 서로를 죽일 이유는 없었던 거죠. 그리고 원래 영국 음식은 맛없습니다. 전쟁터에 지급된 보급품이 진짜 살인을 할 정도로 맛없었을 수도 있지만, 그것 때문에 살인하는 사람은 없었을 겁니다."

노형진은 로빈의 농담에 머리를 긁적거렸다.

"그러면 다른 이유가 뭐가 있을까요? 여자 문제였다든가?"

"그럴 가능성도 없죠. 그 당시 두 분 다 기혼자였습니다."

"아, 그랬지요."

분명 그들의 후계자가 가문을 이었다.

그 말은 그들이 기혼자였다는 뜻이다.

"그리고 전쟁터에 여자를 끌고 다니는 미친 군대가 어디 있습니까?"

"있지요, 일본군."

"그건 그러네요. 하지만 최소한 그 당시는 아니었습니다."

그 당시만 해도 유럽은 전쟁이라는 것에서도 예의를 따졌다.

어느 정도였느냐면, 지금이야 의무병도 무장을 하고 사살 대상이지만, 그 당시만 해도 의무병은 비무장이었기에 당연히 공격 대상이 되지 않았다.

당연히 의무병도 그만큼 책임이 따랐는데, 그중 하나가 일단 다쳤다고 하면 적아를 구분하지 않고 치료해 주는 것이었다.

"일개 병사들도 그런 전투를 하는데, 장교가 서로를 살해할 가능성은 낮지요."

더군다나 전혀 모르는 사이도 아니었고 그 둘은 죽마고우였는데 말이다.

"너무 복잡한 상황이네요."

"그러니까 누구도 풀지 못한 겁니다. 그걸 쉽게 풀 수 있었다면 벌써 풀렸겠지요."

로빈은 입맛을 다시며 말했다.

"시신으로 어떻게 구분할 방법은 없었겠지요?"

"불가능합니다."

전쟁터에서 어떻게 죽었는지 느긋하게 부검을 한다는 것

은 불가능하다.

게다가 그 당시에는 전쟁터에서 시신을 처리할 방법이 없어서 묻어 버리거나 화장을 하는 수밖에 없었고 말이다.

"치열한 접전이 벌어진 곳에서는 시체 썩은 물이 참호를 타고 흘렀다고 하지요."

그만큼 많이 죽어 나갔으니까.

"하물며 당사자조차도 과다 출혈로 사망했으니 당연히 시신을 부검하거나 할 이유가 없었지요."

"귀족이라고 해도 말입니까?"

"그 전쟁에서 죽어 나간 귀족이 한두 명이 아닙니다. 노블레스 오블리주는 아직 영국 귀족들이 가장 높게 여기는 가치입니다."

전쟁터에서 선두에 서서 명예롭게 싸우는 것.

그게 그들의 명예였기에, 영국 귀족 집안 중에 전쟁터에서 사람이 죽지 않은 가문이 없었다.

집안에 아예 남자가 없거나 어리거나 아니면 장애가 있는 등의 뚜렷한 사유 없이, 병역을 면제받고 군대를 가지 않으면 가문의 수치로 취급하던 시절이었다.

"거참."

노형진은 복잡스러운 머리를 흔들며 정리했다.

"결국 죽일 이유도 없고 죽인 방법도 알지 못한다는 거군요."

"네."

"그러면 그 당시 보고서는 어떻습니까?"

"그게 참으로 애매합니다. 보고서라고 할 만한 게 별로 없어요."

"네? 다 소각 처리되었나요?"

노형진의 말에 로빈은 고개를 흔들었다.

"아니요. 생존자 자체가 많지 않았습니다. 1차대전 당시에 참호는 웬만해서는 안 뚫렸는데요, 그 당시 그들이 배치되어 있던 장소가 흔치 않게 참호가 뚫린 지역 중 하나였습니다."

"네? 그게 무슨 말씀입니까?"

"말 그대로입니다. 적이 참호를 넘어서 뒤쪽까지 밀고 가는 데 성공했죠. 얼마 가지 못해서 또 다른 참호에 막히기는 했지만요."

"그 당시에는 참호를 뚫을 만한 무기가 별로 없었을 텐데요. 그러면 더 말이 안 되는데? 아니, 참호가 뚫리는 상황에서 친구를 죽였다고요?"

"그러니까 이 문제가 해결이 안 되는 겁니다. 적이 몰려오는데 죽마고우에게 총질한다는 건 논리적으로 말이 안 되니까요."

"도대체 왜 뚫린 겁니까?"

"독일군의 탱크 때문입니다. 아무리 성능이 떨어지는 탱크라고 해도 결국 보병의 천적인 것은 맞으니까요."

세계 최초로 전차를 개발한 것은 영국이다.

그 당시 영국이 개발한 마크1 탱크는 성능이 조악했지만 그래도 보병의 천적이었기에 그걸 본 독일 역시 탱크를 만들기 시작했다.

불행히도 독일군은 고질적인 지원 부족 문제로 훨씬 적은 양의 탱크밖에 만들지 못했지만.

"하지만 독일답게, 만들어진 탱크의 수준은 높았지요. 공식적으로 세계 최초의 대전차전에서 승리한 건 독일군의 A7V라는 탱크였어요."

그리고 그 얼마 생산되지 않은 탱크가 투입된 전쟁터가 바로 그들이 있던 전선이었다.

"그러면 전선이 뚫리는 상황에서 아군이자 친구를 죽였다는 말인데……."

"그러니까 말이 안 된다고 하는 겁니다. 여기에 그 당시 작전 기록이 남아 있습니다. 얼마 남지 않은 자료지만요."

노형진에게 아주 오래된 서류를 찍은 사진을 건네주는 로빈.

"이게 그 당시 보고서입니다. 물론 보고서도 거의 없습니다. 생존자가 많지 않았거든요. 게다가 그나마 얼마 안 되는 생존자들 중에서 멀쩡한 사람은 다른 전선으로 투입되어서 대부분 사망해 버렸고, 살아남은 분들도 이미 노환으로 거의 돌아가셔서요."

노형진은 그 사진을 받아서 차분하게 살피기 시작했다.

분명 타자기로 찍어 낸 인쇄물일 텐데도 문장 하나하나마다 그 당시의 다급한 감정이 묻어나 노형진은 저도 모르게 몸이 떨렸다.

"독일군이 기습적으로 탱크를 몰고 나타난 게 새벽이었군요."

"네."

보통 전선을 뚫기 위해서는 여러 가지 준비가 이루어진다.

일단 포격으로 상대방을 움츠러들게 한 후에 전선으로 탱크가 밀고 들어가면, 그 뒤에 보병이 밀고 들어간다.

"하지만 이 작전에서는 독일군이 머리를 잘 썼어요."

포격이 이루어지기는 했다.

하지만 그것은 보병을 움츠러들게 하려는 게 아니라 탱크용 방어물을 없애기 위한 것이었다.

탱크용 방어물이라고 해 봐야 사실 철조망 정도였지만, 그 당시의 탱크의 성능을 생각하면 치명적이었다.

무한궤도에 엉켜들어 가면 바로 멈출 수밖에 없으니까.

"낮에 포격으로 습격을 하는 것처럼 하고 밤에 모든 불을 끄고 기습적으로 들이닥친 거죠."

새로 철조망을 깔 시간이 없었으니 당연히 영국군은 그 기습에 제대로 당할 수밖에 없었다.

심심하면 고장 나던 그 당시 탱크들도 어째서인지 그날은 고장도 안 났고 말이다.

"이 보고서대로라면 탱크가 몰려온 상황에서 참호가 붕괴되어 치열한 백병전이 벌어졌군요."

"네."

탱크를 막을 방법이 그 당시에는 없었다.

물론 대전차무기가 아예 없는 것은 아니었으나 이미 뚫려 버린 참호를 복구할 수 있는 수준은 아니었다.

그 당시 대전차무기 중에 대전차지뢰 같은 건 없었다.

당연히 대전차 로켓도 없었고.

지금으로 보자면 대물 저격총처럼 구경을 왕창 키운 소총이 대전차무기 역할을 했다.

"밤이라면 맞히는 게 쉽지 않지요."

노형진은 사진 속 보고서를 보면서 머리를 긁었다.

뚫려 버린 참호, 거기에다 백병전까지 벌어진 상황에서 갑자기 살인을 한다라……

"정신착란 같은 걸 일으킨 건 아닙니까?"

"그런 것 같지는 않아요."

분명 폴슨과 디어슨 두 사람은 같은 전선에 투입되었으니까.

"그리고 현장에 갔을 때 폴슨은 죽은 채로 발견되었습니다."

"현장에 갔을 때요? 수복한 겁니까?"

"정확하게는 '며칠 뒤'라고 해야겠지요."

어찌 되었건 군번으로 구분한 그의 시신이 발견되었는데, 이미 상당히 부패가 진행되어서 부검을 할 만한 상황이 아니었다고 한다.

"죽일 이유도 없고, 디어슨이 그를 죽였다고 자백할 이유도 없고."

노형진은 머리를 긁적거렸다.

"와, 진짜 머리 빠개지네."

"빠개진다?"

"아, 머리가 아프다는 의미입니다."

노형진은 서류를 보다가 소파에 기대앉았다.

그리고 볼펜을 손가락에 얹어 뱅뱅 돌렸다.

"그러니까 이유도 없고 말도 안 되는 상황에서 디어슨이 굳이 폴슨을 죽였다. 그것도 평생을 같이한 죽마고우를."

"네."

"같은 부대에 지원한 건가요?"

"그건 아닙니다. 그 당시에는 징집 방법이 괴상했던 게 문제였죠."

물론 행정적 편의 때문에 만들어진 제도였다.

당연히 그 문제는 전쟁을 겪으면서 드러났다.

"동향 사람들은 한 전쟁터로 몰아넣었습니다."

"네? 그랬다고요?"

"그 당시에 한 지역의 미래 같은 걸 생각할 리가 있었겠습니까? 공무원은 예나 지금이나 편한 것만 찾지요."

그냥 편하게 훈련시키려는 생각과 징집의 편리성 그리고 서로 아는 사이라면 서로 힘내서 싸울 거라는 애매한 생각이 모여 그런 터무니없는 징집 구조를 만들어 냈다.

"그런데 그 일의 부작용이 1차대전 때 드러났죠."

"말 안 해도 알 것 같네요."

전쟁을 하다 보면 한 지역이 전멸에 가까운 피해를 보는 경우가 많다.

"그런 경우는 한 지역의 젊은 남자가 싸그리 죽어 버리는 사태가 벌어지는 거죠."

그런데 그냥 그렇게 죽는 걸로 끝이 아니다.

그들이 없으면 그 도시의 젊은 여자가 결혼을 하기 위해서는 다른 도시로 갈 수밖에 없다. 그 시대에는 다른 도시로 이주하는 게 흔한 일이 아니었다.

"그렇다 보니 도시가 통째로 유령도시가 되어 버렸습니다. 기록에 따르면 심한 지역은 결혼 적령기의 남녀 비율이 20 : 1이었답니다."

"20 : 1요?"

"네. 여자 스무 명 대 남자 한 명인 거죠. 그 도시에서 징집된 남자들이 배치된 곳이 독일군이 가스를 처음 뿌린 지역이었거든요. 아시겠지만 그 당시에 처음으로 독일군이 독가스라는 걸 썼죠."

"아하!"

그 전에는 독가스라는 게 있지도 않았으니 대응책도 방독면도 없었을 테고, 가스가 사람 골라 가면서 죽이지는 않았을 테니 그 지역에 있는 사람들은 깡그리 죽었을 것이다.

이것이 법이다

당연하게도 독가스는 포로 같은 것도 남기지 않는다.

"그 지역에 배치된 부대는 말 그대로 전멸했지요."

남녀 비율이 그딴 식이 되어 버리니 젊은 사람은 떠나고, 남은 사람은 자식을 잃은 노인뿐이었다.

"그랬군요."

생각해 보면 대한민국도 지금은 전국에서 부대원을 뺑뺑이 돌려서 뽑는다.

1차대전이 남긴 교훈 때문이었다.

물론 아주 씁쓸한 교훈이지만.

"어찌 되었건 폴슨과 디어슨 가문은 같은 영국 런던의 귀족가니까요."

그래서 같이 배치된 것이다.

"아, 씁. 이게 뭔 일이래?"

노형진은 눈을 찌푸리면서 계속 서류를 읽었다.

"결국 보고서에 따르면 죽일 이유가 없는 거네요."

"네."

폴슨에 대해 기억하는 사람은 없었다.

하지만 디어슨에 대해서는, 최후까지 부하들을 독려하면서 후퇴를 지휘했고 그 와중에 소총탄에 맞았다는 기록이 남아 있었다.

"현장에서 지혈을 했지만 충분하지는 않았다."

늦은 밤 다음 방어선에 도착했을 때 그는 과도한 출혈로 인해 더 이상 버틸 수 있는 수준이 아니었다.

"역시 노 변호사님도 힘들겠죠?"

"뭐, 제가 역사를 볼 수 있는 것도 아니고요."

물론 적당한 물건이 남아 있을 수는 있겠지만, 애석하게도 그 당시의 유물은 남은 게 없었다.

전쟁이라는 것은 한 줌의 생산력까지 다 긁어내서 싸우는 행위다. 당연히 남아 있는 물건을 녹이거나 해서 전쟁에 재활용한다.

그 당시 유물을 찾는 것도 힘든데, 하물며 당사자가 직접 만졌던 유물이 남아 있을 리가 없다.

"치열한 백병전이라……."

노형진은 군 생활을 생각하면서 머리를 긁적거렸다.

그는 다행히 그런 일은 없었다.

회귀 전에는 개고생을 했지만 말이다.

'회귀 전에는 진짜 죽는 줄 알았는……데?'

그 순간 노형진의 머릿속에 어떤 기억이 스치고 지나갔다.

이번 생이 아니라 회귀 전 군 생활에 대한 기억이었다.

"왜 그러십니까?"

"아니, 악몽 같은 게 있어서요."

"지금요?"

"그런 게 있습니다. 한국 사람은 다 가지고 있는 트라우마죠."

노형진은 그렇게 말하면서 잠깐 집중을 했다.

그러자 로빈은 아무런 말도 하지 않고 그저 그를 지켜봤다.

"설마……?"

노형진은 그 당시 사건에 대해 생각하다가 뭔가 확인하려는 듯 보고서를 살폈다.

다음 순간 그의 입가에 묘한 미소가 떠올랐다.

"설마, 이 문제가 그렇게 간단하다고?"

"네? 간단하다고요?"

"어…… 그러니까 이건 뭐랄까, 군 생활에 트라우마가 있는 사람이라면 쉽게 알 수 있는 일이네요."

"네?"

"영국군은 모병제죠?"

"네, 당연히 모병제죠."

"한국은 징병제입니다."

노형진은 살짝 기가 막혔다.

'모병과 징병의 차이. 그게 이 사건을 풀지 못하게 만드는 이유였을 줄이야.'

노형진이 간과한 것이 있었다.

귀족이라고 하는 존재도 결국은 사람이라는 것을 말이다.

"어쩌면 왜 그런 일이 벌어진 건지 알아낼 수 있을 것 같습니다."

"네?"

노형진은 서류 중 한 장을 꺼내 들었다.

"이 안에 답이 있네요."

일단 대충 상황을 유추할 수는 있다.

하지만 클락 폴슨이 요구한 것은 추정이 아니라 증거다.

당연히 1차대전 당시의 증거를 찾는 것은 쉬운 일이 아니었다.

"이거 말고 다른 자료는 더 없나요?"

"찾아보면 더 있기는 할 겁니다."

"그 당시 기록을 좀 더 찾아보고 싶은데요."

노형진의 말에 로빈이 의아한 눈으로 물었다.

"사람이 필요하신가요?"

"네. 가능하면 빨리요."

그 당시의 자료를 찾는 것은 쉬운 일이 아니다.

그 당시의 자료뿐만 아니라 그 이후의 자료도 필요하다.

원한을 가지고 있는 폴슨 가문에서 조사를 하지 않았을 리가 없으니까.

물론 거기서도 진실을 찾을 수는 없었을 테지만.

"일단 중요한 건, 그 당시 생존자들의 증언입니다만."

"애석하게도 그 당시 생존자는 없습니다."

지금 1차대전 당시의 생존자라고 하면 100세가 넘었을 나이다. 그러니 살아 있을 리가 없다.

"하다못해 그분들의 기록이나 증언 기록도 없나요?"

"없지요."

이것이 법이다

살아남은 사람들은 전쟁 이후에 당연히 생업으로 돌아갔다. 그리고 연락이 되지 않았다.

설사 어떻게 자료를 남겼다고 해도, 이후 벌어진 2차대전 당시에 영국은 독일의 공습에 초토화되다시피 했었다.

"진짜 애매하네요."

"진짜 애매하죠."

노형진은 고개를 끄덕거렸다.

"하지만 그 당시 작전 기록이나 명령서 정도는 남아 있지 않을까요?"

"그 정도는 공문서이니까 찾아볼 수 있을 겁니다."

"그걸 찾아 주시면 됩니다."

그 정도 시간이 지났으면 딱히 기밀로 분류되지도 않을 테니까.

"그 당시 전선에 대한 어떠한 자료도 좋습니다. 그걸 가지고 오시면 사건을 해결할 수 있을 겁니다."

"진짜로요?"

"네."

노형진은 그렇게 말하며 웃었다.

"물론 추정이기는 하지만요. 하지만 어느 것보다 가장 신빙성이 있을 겁니다."

노형진은 자신 있게 말했다.

얼마 후 많지 않은 자료가 노형진에게 도착했다.

그리고 노형진은 거기서 많은 정보를 얻을 수 있었다.

"편지군요. 사망자의 유가족에게 디어슨 씨가 보낸 편지인가요?"

"네. 디어슨 씨는 자신의 부하가 사망하면 꼭 유가족에게 편지를 썼습니다."

"그 당시에 전사 통지를 따로 해 주지 않았나요?"

"당연히 따로 했지요. 하지만 이분은 그렇게 했더군요. 물론 아주 급박한 경우라면 못 했겠지만, 대부분의 사람들에게 보낸 것으로 알려져 있습니다."

상당히 인간적인 면모를 가진 사람이었다는 의미다.

매일같이 사람이 죽어 나가는 전쟁터에서 부하의 유가족에게 편지를 쓴다는 것은 결국 그 죽음을 되새겨야 한다는 걸 의미한다.

상관 입장에서는 그 자체가 고통스러운 행동이다.

그럼에도 불구하는 그는 늦게라도 편지를 써서 보냈다.

"우리가 얻을 수 있는 정보는 여기까지입니다."

"이걸로는 영 부족한데요."

지금까지 드러난 자료도 적은 것은 아니지만 과거의 상황을 증명하기에는 아무래도 한계가 있다.

"흠……."

노형진은 그 자료를 보다가 문득 중요한 부분이 빠져 있다는 사실을 알아차렸다.

"디어슨 본인의 자료는 별로 없네요?"

"네?"

"디어슨 씨가 활동한 공적인 부분에 관한 자료는 충분히 있습니다. 하지만 사적인 부분에 관해서는 거의 자료가 없네요."

"아, 그거야 디어슨 가문에 있겠지요?"

노형진은 눈을 찌푸렸다.

"그 자료를 디어슨 가문에서 안 준 건가요?"

"줄 리가 없지 않습니까? 철천지원수 집안인데."

이쪽에서 아무리 진실을 찾으려 한다 해도, 그쪽에는 자신들의 명예를 더럽히고자 꼬투리를 찾기 위한 것으로 보일 가능성이 높다.

노형진은 한숨만 나왔다.

"설마 매번 이랬나요?"

"네, 매번 이랬지요."

"허?"

그들 스스로가 다급하지 않으니 자신들이 가진 자료를 줄 생각이 없었던 것이다.

그리고 원수 집안과 이야기할 생각도 없었고 말이다.

"그쪽 자료를 좀 봤으면 좋겠는데요."

"일단 연락처는 압니다. 매번 거절당해서 그렇지."

로빈은 어깨를 으쓱했다.

"제가 만나서 이야기를 해 보도록 하지요."

"가능하겠습니까?"

"가능하게 만들어야지요."

영국 귀족들이 가장 신경 쓰는 약점을 건드린다면, 어쩌면 방법이 있을지도 몰랐다.

⚖️

"그래서 명예를 찾아 주겠다고?"

"조상님이 살인범이라는 황당한 누명이 반갑지는 않으시잖습니까?"

"당연히 황당하고 어이가 없지! 내 할아버님이 살인범이라고? 하, 말도 안 되는 소리."

현재 디어슨가를 이끌고 있는 멜빈은 혀를 끌끌 차며 말했다.

"그 멍청한 폴슨 녀석들이 뭔 개소리를 했는지 모르지만, 우리 조상님은 그럴 분이 아니야. 우리 할아버님은 언제나 모범적인 분이었네."

"그러니까 그분에 대한 조사를 좀 하고 싶습니다."

"누구 마음대로? 누가 허락해 준대?"

멜빈은 말도 안 되는 소리를 한다는 듯 노형진을 바라보았다.

"자네들도 결국은 그 간악한 폴슨가에서 보낸 사람이지. 그러니 조사를 하고 나면 분명 우리 조상이 살인범이라는 터무니없는 주장을 하겠지. 그걸 알면서 우리가 왜 그 조사에 응해야 하지?"

물론 대부분은 여기서 무너졌을 것이다.

틀린 말이 아니었으니까.

하지만 노형진은 다른 식으로 공격을 막았다.

"엄밀하게 말하면 저는 폴슨가에서 보낸 게 아닙니다. 클락 폴슨이라는 개인의 고용인이지요."

"그게 뭐가 다르지?"

"다를 수밖에 없지요. 클락 폴슨은 따님과 교제하고 싶어 합니다."

"개소리! 그 새끼는 우리를 무시하고 거짓을 뒤집어씌우는, 명예라고는 모르는 집안 놈들이야!"

교제를 허락받고 싶어 한다고 하자 멜빈 디어슨은 말도 안 된다는 듯 펄쩍 뛰었다.

노형진은 그런 그를 진정시키며 말했다.

"그렇기에 저는 진실을 찾는다는 걸 증명할 수 있지요."

"그 새끼들이 명예가 없어서?"

"아니요. 클락 폴슨이 따님과 교제하고 싶어 하니까요. 상식적으로 생각해 보십시오. 그가 교제를 원하는데 디어슨 가문에 대해 안 좋은 사실이 밝혀지기를 원할까요?"

"그놈은 폴슨 가문이야! 그걸 어떻게 믿어!"

"그래서 더 믿을 만한 겁니다. 그들이 돈이 없는 것도 아니지 않습니까? 만일 그들이 진짜로 디어슨 가문이 명예도 모르는 살인자 가문이라는 것을 증명하고 싶었다면, 나이 어린 클락이 절 고용할 이유가 없지요. 그냥 성인들이 고용하면 됩니다."

"으음……."

멜빈은 아무런 말도 하지 못했다. 노형진의 말이 틀리지 않았으니까.

"하지만 저를 고용한 건 클락 폴슨이지 폴슨가가 아닙니다. 미성년자가 뭔 원한이 있다고 그러겠습니까? 더군다나 자신이 매달리는 상황인데요."

"그 간악한 폴슨가 놈들이 세뇌했을 수도 있지."

노형진은 코웃음을 치며 말했다.

"그들은 영국의 중앙 귀족입니다. 그들이 뭐가 아쉬워서 가짜로 사건을 조작하겠습니까? 지금 상황에서 그들이 얻을 만한 이득이 있나요?"

"그건…… 없지."

그런다고 해서 얻을 수 있는 증거는 없다.

설사 그걸 파고들어서 증명하고 싶어도, 결국 이들이 가진 자료가 없으니 그들이 받은 자료는 반쪽자리일 뿐이다.

그리고 그건 이들도 마찬가지다.

"그분께서는 꽤 많은 양의 편지를 쓰셨다고 들었습니다. 전사한 부하의 유가족들까지 일일이 챙길 정도였다면, 친밀한 가족들에게도 당연히 편지를 썼을 테지요."

"그래서?"

멜빈은 퉁명스럽게 대꾸했지만 노형진의 말꼬투리를 잡지는 않았다. 논리적으로 노형진의 말이 맞으니까.

더군다나 그들이라고 그 일에 대해 조사를 해 보지 않은 것도 아니다.

분명 살인을 하지 않았다고 생각하지만, 그걸 증명할 길이 없었기 때문이다.

하지만 폴슨가와 마찬가지로 돈만 날렸을 뿐이다.

"증거는 없네."

"증거는 없지요. 하지만 증거가 없다고 해도, 정황증거라는 게 있는 법입니다."

"그런 정황증거도 없다니까!"

"아니요. 누가 그럽니까? 정황증거가 현장에서 흘린 피나 무기만 이야기하는 건 아니지 않습니까?"

디어슨 가문에 불리한 것은 단 하나, 바로 던킨 디어슨의 마지막 말이었다.

그가 마지막으로 한 말. 찰슨 폴슨을 자신이 죽였다는 그 말.

"결국 진실을 찾아가야 하는 겁니다. 그리고 지금 상황에서 저는 충분히 진실을 찾을 수 있다고 생각합니다. 그게 두 집안 모두의 명예를 지키는 길이고요."

"두 집안 모두?"

"그렇습니다."

멜빈은 눈을 살짝 찡그렸다.

여러 인간들을 만났지만 하나같이 한쪽이 잘했다거나 잘못했다는 이야기만 했지 두 집안의 명예를 이야기하는 자는 처음이었다.

"두 집안의 명예란 말이지."

그는 잠깐 고민하다가 결국 마음을 굳혔다.

사실 이런 긴 원한 관계는 불필요한 증오를 낳을 뿐이라는 걸 그도 잘 안다.

더군다나 자신의 할아버지가 살인범이라는 황당한 오해가 반갑지도 않고 말이다.

"난 개인적으로 변호사라는 족속을 좋아하지 않아. 그놈들에게는 명예라는 게 없거든."

"맞습니다. 저도 귀족들이 말하는 명예에는 관심이 없는 부류죠."

노형진은 실실 웃었다.

"하지만 최소한 이권을 위해 거짓말을 하는 놈은 아닙니다. 변호사의 최고의 명예는 의뢰인의 이득입니다."

"나도 그렇게 보이는군. 좋아, 그 당시 자료를 보여 주도록 하지. 하지만 이번에도 아무런 증거도 없이 헛소리를 한다면, 다시는 영국 땅에 발붙이지 못할 줄 알아."

"걱정하지 마세요. 그럴 일은 없을 테니까요."

노형진은 자신 있게 말했다.

⚖

노형진은 그들에게서 받아 온 자료를 로빈과 함께 검증하기 시작했다.

그러던 중 생각과 다르게 폴슨과 디어슨은 전쟁터에서도 친밀한 관계를 유지했다는 걸 알 수 있었다.

로빈이 편지를 보다 말고 한탄하듯 말했다.

"이해가 안 가는군요. 이 편지가 마지막입니다. 이 편지에 따르면 디어슨 경은 폴슨 경이 얼마나 자신에게 도움이 되며 이 삭막한 전쟁터에서 얼마나 자신을 지탱해 주는지에 대해 쓰고 있습니다."

"그러네요."

"만일 두 사람이 기혼자가 아니었다면 혹시 동성애자 내지는 양성애자였던 거 아닐까 의심스러울 정도로 서로를 믿고 싸웠네요. 그런데 왜 갑자기 살인까지 하게 된 걸까요?"

그때 노형진이 마지막 편지를 내려 두고 로빈을 바라보았다. 그의 눈빛은 떨리고 있었다.

"모든 문제가 풀렸습니다."

"네? 그게 무슨 말입니까?"

"방금 그 편지로 인해 모든 의문이 풀렸다는 겁니다. 우리가 간과한 것은 귀족이 아닌 인간으로서의 디어슨이었습니다."

"이해가 안 가는데요."

"아마 군에 다녀오지 않으셔서 그런 걸 겁니다."

노형진은 씁쓸한 미소를 지으며 말했다.

"두 집안을 모아 주십시오. 피날레를 장식할 시점이군요."

노형진은 자신 있게 말했다.

⚖️

얼마 후 폴슨 가문과 디어슨 가문은 약속된 장소로 모여들었다.

그들뿐만 아니라 양쪽 가문의 주요 핵심 외부 인사까지 모여들어서, 단순히 십여 명 모일 줄 알았던 발표회는 삽시간에 수백 명의 대형 행사가 되어 버렸다.

"와, 이거 넌 예상했냐?"

노형진은 이 상황을 예상이나 한 것처럼 초대형 컨벤션 센터까지 빌린 손채림을 보고 경악을 금치 못했다.

"네가 몰라서 그렇지 저 두 집안의 파워는 어마어마해. 현직 총리도 저 두 집안을 무시하지 못한다고. 그런 두 집안의 원한 관계를 끝낼 수 있는 사건인데 정치인들과 귀족들이 안 오겠어?"

"그래도 이 정도일 줄은 몰랐지."

노형진이 만난 건 클락 폴슨과 멜빈 디어슨 두 사람뿐이었다.

다른 귀족가는 전혀 상관이 없었기에 만날 일이 없었다.

"영국의 역사가 바뀔 수도 있는 대사건이라고."

"허미."

노형진은 좌중에 가득한 사람들을 바라보았다.

사람들은 세 무리로 나뉘어 있었다.

폴슨가 사람들은 왼쪽에, 디어슨가 사람들은 오른쪽에, 어느 쪽에도 속해 있지 않은 귀족이나 정치인은 가운데에.

"영국 여왕 특사까지 왔어?"

초고화질 녹화 장비는 기본이다. 그만큼 이번 사건이 가진 의미는 어마어마했다.

"그런데 네가 말한 거 사실이야? 진실을 찾았다는 게?"

"대충."

"증거는?"

"결국 이런 사건에서는 정황증거가 다야."

노형진은 어깨를 으쓱했다.

그리고 100년 가까이 된 사건의 증거를 찾아서 들이밀 수는 없다.

"애초에 그 전쟁터였던 곳에는 이미 도시가 들어섰다고. 그런데 뭐가 남아 있겠냐?"

"하지만 정황증거로 저 사람들을 진정시킬 수 있겠어? 너 까딱 잘못하면 한쪽에 찍혀."

손채림은 걱정스럽게 말했다. 어떤 답을 내놓든 한쪽은 노형진을 적대할 수밖에 없으니까.

"아니, 그럴 일은 없을걸."

노형진은 어깨를 으쓱하고 무대 위로 올라갔다.

그러자 좌중이 조용해지면서 모두의 시선이 노형진에게 쏠렸다.

"아아, 반갑습니다. 제가 무슨 탐정도 아닌데 이런 사건을 하게 될 줄은 몰랐네요."

노형진은 천천히 주변을 둘러봤다.

모두 다 이번 사건의 답이 궁금한지, 한 점 흐트러짐 없이 이쪽을 바라보고 있었다.

"일단 이번 사건에 관해서 결과만 말씀드리자면……."

노형진은 잠깐 말을 끊고 심호흡을 했다.

모두의 시선에 익어 버릴 것 같았다.

"후우, 너무 따갑게 보시면 부담스러운데요."

"이건 쇼 프로가 아닐세."

멜빈 디어슨이 불만으로 가득한 얼굴로 말했다.

하긴 자신의 조상의 명예가 걸려 있으니 그럴 수밖에 없으리라.

"일단 디어슨 씨가 폴슨 씨를 죽였느냐는 부분에 대해 말씀드리자면. 현실적인 판단은 '네!'입니다."

"개새끼들!"

"이런 명예도 없는 놈들!"

당장 폴슨가는 발칵 뒤집어졌다.

클락은 세상이 무너진 듯한 표정이었고 말이다.

당연히 디어슨 쪽은 맞부딪혔다.

"결국 조작으로 답을 정하는 거냐!"

"중립 같은 소리 하고 자빠졌네!"

"동양인에게 이런 걸 맡긴다는 것 자체가 의미가 없었어!"

두 집단이 극단적으로 싸우려는 찰나, 노형진은 소리를 버럭 질렀다.

"그만! 아직 발표 안 끝났습니다!"

"하지만 이미 죽였다고 하지 않았나!"

"네, 죽이기는 했지요. 하지만 디어슨 경은 살인을 하지는 않았습니다."

"뭔 소리야?"

"뭐, 남을 시켜서 죽이라고 했다는 거야?"

"그건 살인을 청부한 거죠. 정확하게는, 디어슨 경은 살인범이 아닙니다. 사주한 적도 없고요."

"그게 무슨 말도 안 되는 소리야!"

언어도단이었다.

죽인 건 맞는데 정작 살인을 한 적도 없고 살인자도 아니라니.

"일단 이 당시 기록을 봐 주시기 바랍니다."

노형진은 미리 준비한 PPT를 틀어 줬다.

"여러분들은 그 당시 사건에서 두 사람에게만 집중했습니다. 하지만 현실적으로 우리가 봐야 하는 것은 두 사람이 아니라 전쟁 그 자체였습니다."

"전쟁 그 자체?"

"그렇습니다. 그 전쟁이 살인범인 겁니다."

"그게 무슨 말도 안 되는 소리야?"

"진정하시고 이걸 봐 주시기 바랍니다. 이 작전지도는 그 당시의 작전 상황을 표시하고 있습니다."

노형진은 신호를 보내 무대를 제외한 다른 곳의 불을 모두 껐다.

그러자 다들 어쩔 수 없이 자리에 앉았다.

"이건 그 당시 부대의 병력 배치였습니다. 최후까지 보고된 마지막 배치죠."

화면에 나오는 부대 배치는 단순했다.

적색은 독일군, 그리고 파랑색은 영국군.

"이 당시에 디어슨은 대대를 이끄는 상황이었습니다. 그리고 폴슨은 중대를 이끌었죠."

친구 사이이기는 했지만 디어슨이 좀 더 승진이 빨라서 대대장이 되었고 폴슨은 중대장이었다.

이것이 법이다

"그리고 조만간 폴슨이 대대장으로 승진을 앞둔 상황이었죠."

"그래서 질투로?"

"이미 대대장이 됐는데 무슨 질투야?"

"조용! 조용히 해 주세요!"

노형진은 다시 한번 사람들에게 소리를 버럭 질렀다.

"이게 그 전투 전날 이루어진 보고인 만큼, 아마도 사건 당일에도 이러한 형태를 이루고 있었을 가능성이 높습니다."

노형진은 미리 준비한 컴퓨터로 PPT를 조작했다.

"그리고 사건의 그날 밤, 독일군은 탱크를 앞세우고 기습했습니다."

변변찮은 대전차무기도 별로 없던 시절, 아무리 성능이 떨어진다고 하지만 탱크란 존재는 보병에게 저승사자나 마찬가지였다.

지금처럼 대구경 포가 달린 건 아니지만 참호를 뚫고 들어와서 사방으로 대구경 기관총을 갈겨 대는데 이쪽에서 쏘는 총이나 수류탄으로는 공격을 막을 방법이 없었으니까.

"그리고 전략적으로 본다면."

노형진은 선두에 있던 방어선을 지웠다.

"가장 앞에 있던 에이블 중대가 가장 먼저 싸웠을 겁니다. 당연히 야밤에 이루어진 기습으로 방어선은 붕괴되었을 테고요."

노형진은 하나씩 선을 지워 갔다.

그러다 보니 참호는 형편없이 무너지기 시작했다.

"그리고 대부분 참호는 한 줄로 파지 않지요."

참호전이 복잡한 이유는 참호 한 줄을 돌파한다고 해서 끝이 아니기 때문이다.

그 뒤에 따로 예비 참호가 있고 첫 번째 라인이 뚫리면 두 번째 라인이, 두 번째 라인이 뚫리면 세 번째 라인이 있다.

"그리고 폴슨 경의 중대는 세 번째 라인에 자리 잡고 있었습니다."

"그러니까 더 죽을 이유가 없었던 것 아닙니까?"

폴슨 가문 쪽이 발끈하며 말했다.

세 번째 라인은 첫 번째와 두 번째 라인에 비해 안전하다.

그러니 디어슨이 죽이지 않았다면 폴슨은 죽을 이유가 없었다고 생각한 것이다.

"아니요. 그랬기에 더더욱 죽을 수밖에 없습니다."

"어째서요?"

"누군가는 뒤에 남아야 했으니까요."

방어선이 무너졌다.

그리고 1라인과 2라인의 병력은 대패했다.

"그 병력을 가지고 전선을 유지한다는 것은 불가능하지요."

집단적으로 패닉에 빠진 상황에서 후퇴 명령이 떨어지면 그들은 미친 듯이 도망을 치기 시작한다.

"전략적 후퇴라는 건 이런 경우에는 개소리죠."

이것이 법이다

그들은 살기 위해 후방으로 미친 듯이 뛸 테고, 그들을 추격하기 위해 독일군은 따라올 것이다.

"그러면 남은 건 폴슨의 3라인입니다."

직접적으로 부딪치지 않은 폴슨의 중대는 당연히 앞에서 벌어진 상황을 알고 그들을 막으려고 했을 것이다.

"그리고 이때, 상황을 바꾸는 결정적인 명령문이 떨어집니다."

노형진은 그 당시 서류를 꺼냈다.

"그 당시 방어선의 붕괴를 확인한 사령부의 명령문입니다. 어떻게 해서든 방어선을 유지할 것."

그럴 수밖에 없는 게, 그 뒤에는 아직 배치되지 않은 수만의 병력이 기다리고 있었기 때문이다.

그들은 참호를 파지도 않았고, 위치 배정 같은 단순한 방어 준비도 되어 있지 않았다.

그들이 준비한 건 숙영지뿐이었고 대전차무기 같은 건 있지도 않았다.

"그들이 탱크와 싸울 수는 없지요. 당연히 대피할 시간을 벌어야 합니다. 문제는 디어슨 경의 부대 중 온전한 건 폴슨 경의 부대뿐이라는 거였죠."

상황을 이해한 사람들 사이에서 무거운 침묵이 흐르기 시작했다.

"디어슨 경은 귀족이지만 인간적인 사람이었습니다. 그리고 가족에게 ~~에~~ 는 편지를 통해 폴슨 경과의 우정을 자주 피력했지요. 어떻게 보면 전쟁터에서 가족 이상으로 믿고 의지하던 것이 바로 폴슨 경이었을 겁니다.”

하지만 자신의 휘하 중대 두 개는 날아갔고 남은 건 폴슨의 부대뿐이다.

그들은 대전차무기도 있고 완편된 중대도 있다.

이미 발각되었으니 적습도 더는 기습이라고 볼 수 없다.

“하지만 두 개 중대, 아니 주변의 다른 부대도 빠졌을 테니 어마어마한 사람들이 도망쳐 오는 상황에서 그곳을 지킬 사람이 누가 있을까요?”

“그건……”

“아마 여기에도 군 생활을 해 보신 분이 있을 겁니다. 완전히 패닉에 빠진 병력은 쓸 수가 없지요.”

그들은 패닉에 빠져서 주변에 공포를 감염시킨다.

그래서 그들은 도리어 같이 있으면 안 된다.

그랬다가는 공포로 방어선이 붕괴된다.

“그 정도로 대패해서 후퇴하는 병력에 지휘 라인이 살아 있으리라고 기대하는 것도 힘든 일이고요.”

결국 앞에 있던 중대가 빠지고 나서도 남을 수 있는 것은 유일하게 멀쩡했던 폴슨의 부대뿐이었을 것이다.

“결국 디어슨의 명령은 단호했습니다. 그는 인간적인 사람이기는 하지만, 동시에 명예를 아는 영국의 귀족이니까요.”

이것이 법이다

노블레스 오블리주. 귀족들의 대명제.

개인적으로 친하다고 해서 도망치라고 할 수는 없다. 당장 디어슨도 후퇴를 지휘하다가 총에 맞아서 사망했다.

"으음……."

좌중에 흐르는 침묵.

"디어슨 경의 명령에 따라 폴슨 경은 방어선을 지킵니다. 거기까지 전차가 들어왔는지 아닌지는 알 수 없죠."

하지만 한 가지는 확실하다.

그들은 방어선을 지키지 못했다.

당장 후퇴를 지휘하던 디어슨도 총에 맞아 사망한 게 그 증거다.

"독일군이 거기를 뚫고 넘어온 시점에서 디어슨 경은 폴슨 경의 죽음을 알았을 겁니다."

그렇지 않다면 독일군이 거기까지 올 수는 없을 테니까.

"폴슨 경에게 뒤에 남아서 도망치는 아군 병력을 엄호하라고 명령을 내린 것은 그 자신이었지요."

귀족의 책임, 장교로서의 책임. 모든 것이 그에게 그런 명령을 내리도록 했다.

"귀족으로서의 디어슨 경은 그런 걸 할 수 있었을지 몰라도, 인간으로서의 디어슨 경은 큰 상실감을 느꼈을 겁니다."

어떻게 보면 가족보다 더 친했던, 자신을 이 지옥 같은 전쟁에서 버티게 해 주었던 가장 소중한 친구.

"그는 자신이 친구에게 죽으라고 명령했으며, 그 결과가 어찌 되었는지 명확하게 알게 되었습니다. 당연하게도 그 죄 책감은 어마어마했겠지요."

"……."

누구도 그 상황을 예상하지 못했다.

하지만 과연 그런 상황이 된다면 자신은 어떻게 할 것인 가? 친구에게 죽으라고 할 수 있을까?

그리고 자신이 폴슨 경의 입장이었다면, 친구의 그러한 명 령에 따라 그 자리에 남아서 죽을 것인가?

"보통 부모들은 자식을 잃으면 자책을 심하게 합니다. 그 래서 어떤 한국 부모는 미국에서 자식이 죽었을 때 경찰에게 오해로 잡혀간 적도 있지요."

사고로 아이가 죽었는데 그 아이의 어머니는 자책감에 자 신이 죽였다고, 자신이 죽인 거나 마찬가지라고 외쳤다.

그런데 미국 경찰이 그걸 진술로 생각해서 현장에서 체포 했다.

"하지만 그건 아니었죠."

미국 이민은 어머니가 우겨서 이루어진 사건이었다.

그리고 미국에 온 지 얼마 되지 않아서 아이가 사고로 죽 자, 자신이 미국에 오자는 소리를 하지 않았다면 아이가 죽 지도 않았을 거라는 자책감에 그렇게 말한 것이었다.

"디어슨 경은 친구에게 죽어 달라고 명령을 내린 겁니다. 전쟁터에서 그 상황을 이해하지 못할 군인은 없을 테니까요."

그리고 총에 맞아서 실려 왔을 때, 그는 사경을 헤매고 있었다.

이미 과다 출혈로 살 수 없는 상황이었고, 인사불성이 되어서 뭔가를 끊임없이 중얼거렸다.

"그게 자신이 폴슨 경을 죽였다는 말이지요."

노형진은 조용한 사람들을 보면서 말했다.

"디어슨 경은 분명 폴슨 경을 죽였습니다. 죽으라고 명령했습니다. 하지만 그는 살인자는 아닙니다. 그는 귀족으로서, 장교로서 명예를 끝까지 지키려고 한 남자였고, 마지막 순간에 결국 친우를 죽음으로 몰고 간 자신을 용서할 수 없었던 인간적인 사람이었을 뿐입니다."

노형진이 PPT를 껐을 때, 누구도 입을 열지 못했다.

할 수가 없었다.

자신들이라고 해도 그렇게 할 수 있을지 알 수 없으니까.

"제 보고는 이상입니다."

노형진은 조용한 사람들을 보면서 차분하게 말했다.

⚖️

"증거도 없는데 의외로 잠잠하네. 받아들이려는 눈치인데?"

손채림은 묘하다는 표정으로 말했다.

그날 행사에서 서로를 용서하고 부둥켜안는 극적 상황은 벌어지지 않았다.

벌어질 리가 없다.

그러기에는 두 집안의 앙금은 너무 깊었으니까.

하지만 현실적으로 조금씩 양쪽 집안에서 사료를 나누면서 사건을 추적하는 모습을 보이고 있었다.

따로 조사하는 게 아니라 공동으로 말이다.

"증거 운운하더니, 이 상황은 증거가 없잖아. 근데 왜 받아들이지?"

받아들이지 않았다면 이미 거칠게 항의하고 난리가 났어야 하는데, 그런 게 전혀 없었다.

"양쪽 다 증거가 없다는 건 알아. 구할 수 없다는 것도 알고."

"그런데?"

"하지만 두 집안의 명예가 걸려 있으니까 싸운 거지."

디어슨 가문은 자신의 조상이 살인범이라는 걸 인정할 수가 없었을 테고, 폴슨은 자신의 조상을 죽이고 사과조차 하지 않는 디어슨 가문을 용서할 수가 없었을 것이다.

"하지만 지금 상황은 그런 모든 문제를 해결해 주는 것이거든."

디어슨은 최후까지 명예를 지키며 목숨을 바쳤다.

폴슨 역시, 명에 따르지 않고 후퇴를 해도 되었을 것이다. 친우인 디어슨이라면 후퇴를 했다고 해도 크게 타박하지 않앗을 테니까.

아니, 전투 중 통신선이 끊어졌다고 하기만 해도 된다.

분명 디어슨이라면 그걸 커버해 줬을 것이다.

"하지만 폴슨은 친구인 디어슨이 아니라 상관인 디어슨의 명령에 따라 그 자리를 지키다 사망했어. 귀족으로서의 명예를 최우선으로 삼은 거지."

결국 이 해석은 양쪽의 자존심과 명예를 모두 지키는 것이었다.

지금까지처럼 누군가는 살인범이 되거나 누군가가 거짓말쟁이가 되는 해석이 아니라.

"영국 왕실로서도 나쁘지 않은 결말이고 말이야."

한쪽이 죄를 뒤집어쓰는 것에 대해 영국 왕실도 부담을 느꼈을 테지만, 이제는 그럴 필요가 없다.

"서로 윈윈하는 해석인 거지."

더군다나 다른 사람들처럼 막연한 추측이 아니다.

그 당시의 보고서, 폴슨과 디어슨의 개인적인 자료, 역사적 명령서. 거기에다 남아 있는 전황 등 그 모든 것이 그 가설을 뒷받침해 주고 있다.

"진실보다는 명예라는 건가?"

"애초에 역사적 진실을 완벽하게 안다는 건 불가능하지. 타임머신을 개발하지 않고서야 그게 가능하겠어?"

하지만 상황을 보면 대충 추론이 가능하다.

"사람들은 고통스러운 진실보다는 깨끗한 거짓을 선택하거든."

"뭐야? 그럼 진짜로 디어슨이 폴슨을 죽인 거야?"

노형진은 고개를 흔들었다.

"그건 아닐 거야. 그럴 이유가 없지. 하지만 실제로는 폴슨이 디어슨의 명령을 거부했을 수도 있고, 디어슨이 폴슨에게 명령 불복종으로 위협했을 수도 있지."

어찌 되었건 현재 중요한 건 그 당시에 그들이 명예를 지키며 싸웠고 둘 다 죽었으며 죽는 그 순간까지 그 둘은 친우였다는 것이다.

"아마도 영국 왕실은 그 부분을 마구 띄우겠지."

그러면 두 가문은 그 문제로 싸우기도 애매해진다.

그랬다가는 조상이 목숨을 걸고 만든 명예에 자신들이 똥칠하는 셈이 되니까.

"결국 문제는 해결되는 거지."

노형진은 어깨를 으쓱하며 말했다.

"하여간 이번 일은 제법 재미있는 사건이었어."

"재미? 이거 이 문제 풀려고 100년간 대가리 싸맨 사람들을 모조리 엿 먹이는 발언인 거 알지?"

"뭐, 그럴 수도 있고."

노형진은 피식 웃었다.

"하지만 당사자들이 마음에 든다는데 어쩔 거야? 나는 문제를 풀어서 좋고, 당사자들은 화해해서 좋고, 내 주머니는 두둑해져서 좋고. 누구 한 명 손해 보는 거 있어?"

전혀 없다.

"그러면 된 거야. '좋은 게 좋은 거다.'라는 말이 지금에 딱 맞는 거지, 후후후."

노형진은 실실 웃으며 말했다.

"좋은 게 좋은 거야."

결백 로또

영국의 사건은 상당한 반향을 일으켰다.

물론 공식적으로 외부에 공표하거나 할 사건은 아니었다.

하지만 두 원수 가문의 화해라는 것은 영국을 이끌어 가는 귀족가의 거대한 파란이었고, 그 역사의 한 부분을 노형진이 장식했다.

"그래서 그건 알겠는데 말이지, 이 초대장은 뭐야?"

1차대전 당시의 사건을 어떻게 해서든 해결했다.

그리고 공치사도 나름 받았다.

그런 노형진에게 어느 날 날아온 것은 초대장.

사실 초대장이라고 하기도 뭐 했다.

"결백을 증명하는 사람에게 100만 유로?"

한국 돈으로 무려 약 13억 원이다.

"오! 그거구나!"

"그거? 너는 아는 거 있어?"

노형진은 손채림이 아는 듯하자 고개를 갸웃했다.

"아니, 그 뭐냐, 나도 소문은 들었거든. 프랑스의 부호가 죽었어."

"그거랑 이 결백 증명이 무슨 관계야? 살인자로 몰린 사람이 다른 부호야?"

"아니, 살인과는 쥐뿔도 관계가 없는 사람들이야."

"사람들?"

"그래. 살인은 한 건이야. 조사 결과 범인도 한 명이지. 하지만 범인으로 자수한 사람은 열두 명이야."

"뭐야, 그 개 같은 상황은?"

노형진은 혀를 끌끌 찼다.

사람이 죽었는데 서로 죽였다고 한다니.

"뭐, 범죄를 덮으려고 가짜 살인자를 내놓은 거야? 아니, 상황을 보니 그런 것 같지는 않은데."

그럴 거면 한 명을 내놓지 무려 열두 명이나 되는 사람들을 내놓지는 않을 것이다.

"그래, 그 열두 명 중에서 범인이 있는지 없는지 알 수가 없어."

"살인범이라며? 그 살인을 묘사하는 걸 들어 보면 누구인지 알잖아?"

현대 의학 기술이 발달하면서 지금에 와서는 상처를 확인하고 칼이 박힌 각도나 깊이만으로도 상대방의 키와 덩치 등을 유추할 수 있게 되었다.

그러니 살인 현장을 묘사하라고 해서 조사 결과와 다른 놈들은 쳐 내면 되는 것이다.

"그게 문제가 뭐냐면, 그 미친놈이 살인 현장을 인터넷에 올렸다는 거야."

"인터넷에 올렸다고? 살인 현장을?"

"그래."

심지어 영상만 올린 것도 아니었다.

그 범인은 자신이 살인하던 당시의 상황에 대해 아주 세밀하게 글을 써서 인터넷에 올렸다.

경찰이 상황을 인지하고 그 글을 삭제했을 때는 이미 인터넷에 살인 현장에 대한 글이 파다하게 퍼져 있었다.

"얼씨구? 그런데 그거랑 결백이랑 무슨 관계야?"

결백이라는 것은 죄가 없음을 증명하는 거다.

그렇게 살인 현장을 정밀하게 묘사한 놈이 결백을 주장하기 위해 돈을 쓸 것 같지는 않았다.

"돈을 내건 사람은 살인범이 아니야."

피해자의 아들이자 상속인인 제롬이었다.

"그런데 자수한 사람들의 결백을 증명하기 위해 돈을 건다고?"

"그래야 외부에 있는 진짜 범인을 찾든 열두 명 중에서 골라내든 할 테니까."

"이 무슨 병신 같은 경우야?"

노형진은 살다 살다 그런 소리는 처음 들어 봤다.

저지르지도 않은 죄를 뒤집어쓰기 위해 노력하는 미친놈들, 그리고 그들의 무죄를 증명하기 위해 노력하는 피해자의 유가족이라니.

"어쩔 수 없지. 프랑스 경찰에서는 그 안에서 누군가를 고를 텐데."

"만일 그 찍기가 틀리면 진짜 살인범은 유유히 빠져나가는 거네?"

"맞아."

손채림은 고개를 끄덕거렸다.

"요 근래에 아스가르드에서 그 사건으로 말이 많았어."

그래서 손채림은 그 소문에 대해 알고 있었다.

"그런데? 나랑 그 사건이 뭔 관곈데?"

"네가 해결한 게 아주 오래된 사건이잖아. 그러니까 이 사람도 너한테 맡겨 보고 싶은 거야. 아직까지 그걸 해결한 사람이 없었거든."

물론 누구 한 명을 찍어서 범인이라고 해도 된다.

하지만 제롬은 왜 그가 범인인지, 그리고 그의 범행을 증명할 수 있는 모든 것을 이야기해 주기를 바란다.

"그런데 다 실패한 거야?"

"이야기를 들어 보니 그럴 만하더라."

일단 인터넷에 퍼진 설명이 워낙 자세하다.

거기에다 아예 동영상과 사진까지 첨부되어 있다.

그리고 그걸 본 미친놈들이 똑같은 증언을 한다는 것이 문제였다.

"똑같은 증언이라……."

노형진은 눈을 찌푸렸다. 그런 상황이라면 경찰은 누구에게 범죄를 특정할 수가 없다.

"황당하네."

노형진은 머리를 절레절레 흔들었다.

"그래서 나름 유명한 사람들을 다 끌어다가 찾아내려고 하는 모양이야."

"유명한 사람이라……."

노형진은 곰곰이 생각에 빠졌다.

사실 13억이라는 돈은 노형진에게는 그다지 큰돈이 아니다. 하지만 사건 자체는 노형진의 호기심을 자극했다.

무려 열두 명의 범인. 그 안에서 진짜 범인을 추측한다는 건 왠지 그의 도전 정신을 자극했다.

'뭐, 최악의 경우 방법이 없는 건 아니니까.'

최악의 경우 사이코메트리로 기억을 읽어도 된다.

하지만 그러고 싶지는 않았다.

아마 전 세계에서도 유례없는 사건일 테니까.

"좋아, 내가 한번 가서 해결해 볼게. 이거 참 궁금해지네."

노형진은 씩 웃으며 말했다.

⚖

"연극성 성격장애라 이거죠?"

노형진은 그곳에 도착해서 의뢰인인 제롬을 만났다.

그리고 그에게서 자세한 사항을 들을 수 있었다.

다행히 제롬은 통역이 필요 없을 정도로 영어에 능숙했다.

"네, 그것도 아주 극심한 연극성 성격장애자들입니다."

연극성 성격장애. 관심을 받기 위해 과도한 행동을 하는 것을 말한다.

물론 이것도 일종의 정신병으로 분류된다.

그런데 이게 당하는 사람 입장에서는 환장할 일이다.

"아버지가 좀 부도덕하게 돈을 모은 건 사실입니다."

제롬은 긴 한숨을 내쉬었다.

제롬의 아버지는 전형적인 자본주의자였다.

그것도 아주 극단적인 자본주의자 말이다.

돈이 된다면 인권 따위는 신경도 안 쓰는 타입이었고 그 때문에 사방에서 욕을 먹었다.

"그래도 그렇게 살해될 줄은 몰랐습니다."

가해자는 그의 차를 들이받아서 기절한 그의 아버지를 납치한 다음 한적한 숲으로 끌고 가 무참하게 살해했다.

차는 훔친 것이었고, 그 안에 범인을 추적하거나 추정할 만한 건 하나도 없었다.

"자기들이 무슨 의적이라고 생각하는 모양이군요."

"네."

"끄응……."

연극성 성격장애는 관심을 받으려고 별짓을 다 한다.

자해를 하기도 하고 자살과 같은 미친 짓을 하기도 한다.

가끔 인터넷에서 '좋아요' 하나 받겠다고 미친 짓 하다가 죽는 사람들이 있는데, 바로 그들이 연극성 성격장애자들이다.

그들에게는 남의 관심이 자신의 위험보다 우선순위다.

그래서 일부러 범죄를 저지르고 기꺼이 감방에 가기도 한다.

노형진은 대충 상황이 이해가 갔다.

'아주 미친놈들끼리 잘 만났군.'

관심을 받기 위해 살인을 한다.

그런 놈도 있는데, 관심을 받기 위해 남의 죄를 뒤집어쓰려고 하지 않을 이유가 없다.

그들은 관심을 받기 위해서는 뭐든 한다.

"그러고 보니 그런 적도 있기는 했지요."

어떤 이가 자신이 살해범이라고 주장해서 사형을 언도받고 감옥에 갇혔다가 사형 직전에야 자기가 안 죽였다고 주장했지만, 결국 사형이 집행되었다.

그리고 나중에 진범이 잡혔다.

'그래서 그 당시 그 가족이 정부에 손해배상을 청구했었지.'

하지만 그들은 애석하게도 한 푼도 받지 못했다.

사건 초기부터 그가 자신이 죽였다고 주장했고 감옥에 있는 기간에도 그랬기 때문이다.

"하여간 이놈의 관심 종자들은……."

"관심 종자?"

"한국에서 그런 연극성 성격장애를 가진 사람들을 일컫는 말입니다. 관심을 받고 싶어서 별짓을 다 하죠."

심지어 청와대까지 가서 홀딱 벗고 시위를 하기도 한다.

큰 목적을 위해서? 아니다. 그냥 관심받고 싶어서.

"그런데 이건 좀 큰 사건이군요."

"프랑스 전역에 소문이 난 사건이니까요."

살해된 제롬의 아버지가 워낙 적이 많았기 때문이다.

애초에 제롬도 인정했지만, 그는 돈을 너무 더럽게 벌었다.

오죽하면 그가 죽으면 어딘가에서는 축제가 벌어질 거라는 농담이 나올 정도였다.

"거기에다 그 장면을 그대로 인터넷에 뿌렸으니, 이거야 원."

"진범은 누구일까요?"

"안 봐도 뻔하죠."

자신을 일종의 로빈 후드 같은 의적으로 꾸미고 싶은 연극성 성격장애자일 가능성이 높다.

그렇지 않다면 자신이 살인하는 장면을 이렇게 인터넷에 공개하지는 않을 테니까.

"이거야 원."

노형진은 머리를 북북 긁었다.

'사이코메트리로 기억을 읽으면 편하기는 한데 말이지.'

하지만 그래서는 어째서 그가 범인이 아닌지 증명하는 게 쉽지 않다.

사이코메트리는 확실히 만능은 아니다.

증명하는 것은 전혀 다른 문제니까.

"그래서 대충 걸러 냈습니까?"

"일단은 걸러 내서 다섯 명까지 줄였습니다."

카메라를 분석해서 그 당시 다른 곳에 있었던 사람이라든가 범인의 예상 체격에 맞지 않다든가 하면 걸러 냈다.

그래서 남은 것은 총 다섯 명.

"그들은 같은 말을 하고 있고요, 체형도 비슷합니다."

"영상에 범인이 찍혀 있는 장면은 없었나요?"

"애석하게도요."

범인은 가슴에 다는 캠으로 촬영을 해서 손밖에 안 찍혔는데 손 부분도 장갑을 끼고 있었다.

그래서 대략적인 키와 덩치는 예상할 수 있지만 그마저도 진짜 대략적인 부분일 뿐이었다.

"결국 거르고 걸러서 뽑아낸 것이 다섯 명이라는 거죠."

"네."

노형진은 턱을 스윽 문질렀다.

물론 열두 명보다 다섯 명이 편하기는 하지만…….

'이거 참, 내가 수사관도 아니고.'

보통 변호사는 무죄를 주장하는 사람을 도와서 무죄를 받아 내거나 형량을 줄이는 것이 목표다.

하지만 지금은 그 반대다.

"경찰 쪽은 뭐라고 합니까?"

"하하하……."

허탈하게 웃는 제롬을 보면서 노형진은 긴 한숨이 나왔다.

'맞다, 그랬지.'

소문이 잘 나지 않았을 뿐 프랑스의 경찰은 제대로 활동하기 힘든 게 현실이다.

난민을 받아들이면서 프랑스의 범죄율은 하늘 높은 줄 모르고 급상승했다.

게다가 프랑스 사람들은 혁명의 나라라는 별칭답게, 한국 사람들처럼 조용히 촛불을 들거나 하지 않는다.

수틀리면 불 지르고 집단으로 때려 부수는, 말 그대로 '혁명' 수준으로 깽판을 친다.

당연히 프랑스 경찰의 격무는 상상 이상이었고, 그들은 적지 않은 고생을 하고 있었다.

그래서 프랑스 경찰이 수사력을 집중하는 건 쉽지 않았다.

"과학수사로 어떻게, 유전자라도 못 건졌답니까?"

"어찌 되었건 온몸을 꽁꽁 싸맸으니까요."

장갑뿐만 아니라 얼굴에도 스키 마스크를 쓰고 거기에다 선글라스까지 써서 눈까지 가렸다.

당연히 그런 상황에서 뭔가를 증명하는 것은 불가능에 가까웠다.

"선글라스를 특정하지는 못했나요?"

"시장에서 파는 싸구려라고 하더군요."

"역시나."

결국 상대방을 특정할 수 있는 건 아무것도 없는 것이다.

"애초에 저 다섯 명 중에 진짜 범인이 있는지도 모르겠고요."

제롬은 회의적인 얼굴이었다.

"억울하지 않으신 모양입니다?"

"아버지가 언젠 그렇게 갈지도 모른다고 생각은 했습니다."

제롬은 씁쓸하게 말했다.

'도대체 얼마나 악독한 사람이기에 자식까지 자기 아버지가 그렇게 갈 거라고 생각한 거야?'

노형진의 표정을 보고 제롬은 무슨 생각을 하는지 안다는 듯 말을 이어 갔다.

"아무래도 범인을 잡겠다고 추적을 부탁하는 제가 할 말은 아니죠? 하지만 저는 아버지와 거의 얼굴도 보지 않던 사이였습니다. 대학 시절에 거의 절연했거든요."

"절연요?"

"네. 아버지가 돈을 버는 방식이 너무 잔인했거든요."

그의 아버지는 어떨지 모르지만, 자유로운 프랑스 교육을 받고 자라난 제롬에게 그러한 행동은 사실상 범죄와 하등 다를 바 없었다.

돈이 충분하니 이제 그만하라고 말해도 아버지는 끊임없이 돈만을 좇았고, 결국 제롬은 그런 아버지를 피해서 미국으로 유학을 갔다고 했다.

"그러다 돌아가신 거죠."

"그렇군요."

"애초에 제가 범인을 잡으려고 하는 이유도 복수심 때문이 아닙니다. 그저 엉뚱한 사람이 피해를 입을까 걱정돼서 그러는 거죠."

그의 아버지를 죽인 사람은 살인범이니 처벌을 받아도 문제가 안 된다.

프랑스의 감옥은 유럽 국가답지 않게 지옥으로 불릴 만큼 열악하다. 하지만 살인범 스스로가 선택한 거니 문제가 되지 않는다.

"하지만 다른 사람이 처벌받으면 그건 또 다른 문제거든요."

"그건 그렇지요. 그리고 그런 범인은 절대 멈추지 않으니까요."

이것이 법이다

"네? 그게 무슨 말씀이신지?"

"관심 종자, 아니 연극성 성격장애를 가진 사람은 끊임없이 사람들의 관심을 갈구합니다. 그러니까 이렇게 큰 사건을 일으키는 거죠. 하지만 그 관심이라는 게 얼마나 가겠습니까? 그리 오래가지 않습니다."

당연히 그 관심이 끊어지면 그들은 관심을 끌 다른 방법을 찾는다.

"그리고 그중에는 살인도 있지요."

제롬의 아버지를 우연히 고른 게 아니다.

그가 소문난 악당이니까, 그를 죽이면 자신에게 관심이 쏠리니까 죽인 것이다.

"그러면 그 다섯 명 중에 있을까요?"

"그건 모를 일입니다."

가능성은 반반이다.

자신에게 쏠려야 할 관심이 갑자기 엉뚱한 놈에게 쏠리는 것을 못 버티고 그들처럼 자신이 죽였다고 나섰을 수도 있다.

하지만 반대로, 외부에서 사고를 치고 나서 동시에 이 사건도 같은 사건이라고 주장할 수도 있다.

"외부요?"

"네."

노형진은 긴 한숨을 쉬며 말했다.

"연극성 성격장애를 앓는 사람에게 중요한 건 사람들의 관심입니다. 그냥 유명해지고 싶은 거죠. 그리고 잘 알려지지 않아서 그렇지, 정신과적 분류로 보면 연극성 성격장애는 반사회적 성격장애와 같은 그룹으로 분류됩니다."

반사회적 성격장애의 대표적인 예가 바로 사이코패스와 소시오패스다.

그 사실을 몰랐던 제롬은 깜짝 놀랐다.

"사이코패스요?"

"네, 그런 놈들과 성향이 좀 다르기는 하지만요. 일단 사회적 규칙과 법률에 관해서 그다지 관심이 없습니다."

사이코패스가 선천적으로 감정적으로 동조하지 못해서 범죄를 저지른다면, 소시오패스는 자신의 성공을 위해 범죄를 저지른다.

그리고 연극성 성격장애는 관심을 받기 위해서라면 뭐든 한다.

이유야 다르지만 어찌 되었건 연극성 성격장애를 앓는 사람도 위험한 인간인 것이다.

"그러면 저 미친놈들을 어떻게 하죠?"

무려 다섯 명. 그들 중에서 진짜 진범이 있는지 찾아야 한다.

"제가 한번 찾아보도록 하지요."

찾는 건 어렵지 않다.

문제는 증명일 뿐이었다.

"제가 죽인 거 맞거든요."

실실 웃는 사람들.

그들은 자신이 죽였다고 주장하면서 현장의 상황을 그대로 이야기해 줬다.

당연하게도 영상에 나왔던 그대로다.

'1번은 이 사람인가.'

노형진은 그를 보면서 차분하게 물었다.

"진짜로 죽인 것 맞습니까?"

"맞다니까요. 그 녀석의 목을 조를 때의 그 쾌감이란."

손을 움찔움찔하며 말하는 남자.

노형진은 그걸 보고 피식 웃었다.

'과연 그럴까?'

연극성 성격장애를 가진 자들은 대부분 자신을 아주 대단하게 포장하려고 한다.

사실 유명해지고 싶고 관심을 받으려는 열망은 강하지만 그런 능력이 안 되는 자들이 극단적 방식을 쓴다.

'그리고 그런 자들은 자극적인 발언으로 관심을 끌려고 하지.'

가령 지금 이 남자는 쾌감 운운하면서 살인이 아주 즐거운 것처럼 이야기한다.

하지만 연극성 성격장애자의 살인에는 그러한 감정이 들

어가지 않는다.

그저 이 사람을 죽임으로써 자신이 유명해지고 싶을 뿐이다.

'그리고 가능하면 자극적으로 표현하지.'

자신이 무슨 연쇄살인범인 것처럼 신나게 떠드는 남자를 보면서 노형진은 속으로 피식 웃었다.

그가 그렇게 떠든다고 해서 노형진이 그를 진짜 살인범으로 보지는 않기 때문이다.

"그래서 다른 사람을 죽였다고요?"

"당연하지요. 전 정의의 악당입니다. 악당들이 세상을 어지럽히는 걸 두고 볼 수는 없지요."

"그래서 그 죽은 사람은 어떻게 했습니까?"

"당연히 똑같이 처리했습니다. 산에다가 묻었지요."

"그럼 전에 죽인 사람은 누구죠?"

"우리 지역에서 마약을 파는 갱단의 두목입니다. 두목이 사라지니까 갱단도 사라지더군요. 하긴 내가 족족 죽여 대니 겁을 먹고 사라질 수밖에 없겠지요."

연신 자신의 업적을 자랑하는 그를 보면서 노형진은 속으로 계속 웃을 수밖에 없었다.

'이놈은 가짜군. 자신의 업적을 자랑하기는 하지만 말이야.'

그가 말한 것처럼 갱단이 사라질 수는 없다.

그들은 돈을 벌기 위해 목숨을 건 작자들이다.

두목이 죽었다고 해서 그 지역의 갱단이 사라진다?

그럴 리 없다. 그저 다른 자로 대체될 뿐이다.

'더군다나 갱단의 두목을 죽였는데 그쪽 지역이 그렇게 조용할 리가 없지.'

프랑스에서 갱단은 대부분 이주민들로 이루어진 경우가 많다.

그들은 누군가가 자신들을 건드리면 절대 보복을 참지 않는다.

범인을 찾지 못하면 만들어서라도 보복하는 게 그들이다.

'결정적으로 목적이 다르잖아.'

사회적 정의를 위해 살인을 한다.

그건 일견 이번 사건과 맞아떨어지는 듯하다.

애초에 이번 사건에서 범인이 주장한 것이 바로 사회적 정의니까.

하지만 이자의 행태는 진짜 그런 성향의 범죄자들과는 전혀 다르다.

그런 타입의 범죄자들은 자수를 하지 않는다.

사회 정화를 목적으로 자신이 생각하는 악당들을 한 명이라도 더 잡아서 족치기 위해서는, 당연히 자신을 철저하게 감춘다.

'연극성 성격장애와 정반대지.'

관심을 구걸하기 위해 감옥에 가는 것도 감수하는 자들과,

사회적 정의를 구현한다는 생각에 자신을 감추는 자들.

'이놈은 아니야.'

노형진은 그를 보면서 생각했다.

'어쩌면 여기에 있지 않을 수도 있겠군.'

노형진의 눈이 살짝 찡그러졌다.

⚖️

"이 중에 없다고요?"

노형진의 말에 제롬은 당황해서 물었다.

"네. 그들 중에 진짜 범인은 없습니다."

다섯 명. 노형진은 혹시나 해서 그들과 개별적으로 면담을 했다.

혹시 몰라 그들이 가고 난 후에 그들이 앉았던 의자에 사이코메트리도 시행했다.

"그들은 그저 관심 종자들이었을 뿐입니다. 애초에 그들은 살인을 할 깜냥도 안 됩니다."

죄다 그랬다.

정의를 외치면서 자신들이 무슨 대단한 사람인 것처럼 이야기하지만, 정작 그들의 이야기를 듣다 보면 거짓이 많다는 것을 알 수 있었다.

"의도적으로 사건을 부풀리고, 그렇게 부풀린 사건을 가지고 자신이 대단한 인물인 것처럼 포장합니다. 전형적인 스타일이죠."

"그러면 진짜 범인은요?"

"관심병과 지능이 반비례하는 건 아니죠."

"그게 무슨 말이죠?"

"아버님을 살해한 놈은 분명 관심 종자가 맞습니다."

어떻게 해서든 관심을 받고 싶어 한다.

하지만 이번에는 다른 놈들이 나타나서 그걸 모조리 쓸어갔다. 정작 진범은 드러나지 않았다.

"이놈은 스스로 정의를 실현한다고 생각할 겁니다. 물론 그 과정에서 국민들의 지지와 관심을 받고 싶어 할 테지요."

"그래서요?"

"첫 번째 사건을 보면 어설픕니다. 미리 준비된 것도 아니었고요."

그래서 약점이 잡혔다.

"하지만 이런 스타일이라면……."

노형진은 곰곰이 생각에 빠졌다.

이런 스타일의 범인이 머리가 좋다면 어떻게 할 것인가?

"자신을 특정할 겁니다."

"자신을 특정한다?"

"네. 일종의, 자신을 대신할 수 있는 마스코트 같은 걸 만들어 낼 겁니다."

"마스코트요?"

"그 유명한 영화 아시죠? 〈시민의 가면〉."

"아…… 네."

"어떻게 보면 그 영화 같은 거죠."

사회 저항의 의지를 담은 〈시민의 가면〉이라는 영화는 그 안에서 주인공이 쓴 포크스의 가면에 사회적 저항의 의미를 부여했고 그 결과 지금도 많은 사람들이 사회 저항을 할 때 그 가면을 쓰고 있다.

"상징성이죠. 자신과 동일시할 수 있는 상징성."

그렇게 함으로써 다른 자들이 자신을 따라 하지 못하게 함과 동시에 사람들의 관심을 받는다.

"가면일 뿐이잖아요. 그게 관심입니까?"

"자신이 동일시한다면 그건 관심이 됩니다. 인터넷에 보세요. 얼마나 관심 종자들이 많습니까?"

그들은 실명을 드러내거나 자신의 개인적인 정보를 흘리지는 않는다.

"그들은 닉네임이나 아이디 같은 익명 뒤에 숨어서 관심 종자 노릇을 하지요. 하지만 자신들이 관심을 받지 못한다고 여기지는 않습니다. 실명은 아니지만 결국 닉네임을 자신과 동일하게 여기는 거죠."

"으음…… 복잡하네요."

제롬은 이해가 가지 않았다.

하긴, 그는 회계학을 전공한 사람이다.

숫자를 다루는 것에는 능하지만 사람들을 파악하는 데에는 익숙하지 않다.

"문제는 이런 타입이 저지를 사건입니다."

"저지를 사건?"

"네. 아마 제 생각이 맞는다면 다음번에 싸울 대상은 이놈만이 아닐 겁니다."

"네? 그러면 누구랑 또 싸운단 말입니까? 세력을 만든단 말입니까?"

"그건 아닙니다."

노형진은 긴 한숨이 나왔다.

이런 타입의 범죄자가 흔한 건 아니다. 그래서 겪어 본 적도 없다.

하지만 오랜 경험상 자신이 생각하는 게 맞는다면 어찌 보면 최악의 상대다.

"다음번에는 민중과 싸우게 될 겁니다."

"네?"

노형진의 말에 제롬은 이해를 하지 못하겠다는 얼굴이 되었다.

"시간이 지나면 아시게 될 겁니다."

노형진은 쓴웃음을 지을 수밖에 없었다.

노형진은 일단 한국으로 왔다.

떠나기 전 제롬에게 그 다섯 명 중에 진짜 범인은 없고, 진범을 찾기 위해서는 다른 사람들의 도움이 필요하다고 설득했다.

그리고 프랑스 경찰에게는 프로파일러의 도움을 받으라고 이야기해서 일단 엉뚱한 놈이 누명을 쓰는 상황은 막았다.

얼마 지나지 않아, 제롬에게서 다급한 연락이 왔다.

─미스터 노, 도움이 절실합니다. 그놈이 다시 나타났습니다.

'역시나.'

관심을 받고 싶어 하는 놈이다. 그런 놈이 멈출 리가 없다. 관건은 그 미친놈이 어떤 포지션을 취하느냐는 거다.

사실, 포지션은 정해져 있다.

"뭐라고 하던가요?"

─미스터 저스티스라고 부르라더군요.

"미스터 저스티스라고요?"

자기가 정의란다.

물론 진짜 정의로워서 그런 건 아닐 것이다.

'포지션 참 끝내주게 잡았네.'

만일 그냥 살인마였다면 사람들의 관심은 그저 그랬을 것이다.

설사 잡힌다고 해도 그를 욕할 뿐 그 관심은 오래가지 않을 것이다.

하지만 그가 사회적 약자를 돕는 포지션을 잡고 정의로움을 가면으로 삼아서 로빈 후드 노릇을 한다면?

일반적으로 민중은 그를 지지하고 그를 지켜 줄 것이며 그에게 관심을 가질 테고, 설사 그가 잡혀서 감옥에 간다고 해도 그 관심은 계속될 것이다.

'머리가 좋은 놈이야.'

노형진은 눈을 찌푸리면서 투덜거렸다.

애초에 이름부터 그런 목적이 팍팍 드러난다.

"안 봐도 뻔하군요. 피해자는 범죄자일 테고요?"

―네. 한 명은 과거에 사기로 잡혀간 놈입니다.

징역 8년 형이 나왔고, 형을 다 치르고 만기 출소한 작자라고 한다.

물론 당연하게도 사기 친 돈은 단 한 푼도 찾지 못했고 그놈은 떵떵거리면서 잘살고 있다고 한다.

아니, 그랬다. 지금까지는 말이다.

"'한 명은'이라뇨?"

―희생자가 총 세 명입니다. 제 아버지를 제외하고요.

남은 두 명 중 한 명은 성폭행 전과 2범이었고, 다른 한 놈은 강도 상해 2범이었다고 한다.

"나머지 세 명을 한꺼번에 공개했다고요?"

−네.

"허."

세 건을 한꺼번에 공개했다.

그것만큼 임팩트가 있는 광고는 없으리라.

"벌써 프랑스 사회는 난리가 났습니다."

새로운 의적이 나타났다고 떠드는 사람이 있는가 하면 그래도 살인범일 뿐이라고 주장하는 사람도 있다.

당연하게도 주류는…….

"범인을 잡아서는 안 된다는 거겠네요."

−어떻게 아셨습니까?

"저 같아도 그러겠습니다."

변호사인 노형진은 누구보다 사회의 더러운 부분을 많이 알 수밖에 없다.

변호를 하다 보면, 의뢰인이지만 진짜 자신의 손으로 죽여 버리고 싶은 사람이 한둘이 아니다.

대부분의 범죄자들에게 반성이란 없다.

악어의 눈물이라는 말이 어울리는 놈들이 바로 범죄자들이다.

판사와 검사 앞에서는 잘못했다고 눈물로 사죄하지만 피해자들에게는 때려 죽여도 미안하다는 말을 하지 않는 것이 범죄자들이다.

변호사들이 왜 죄다 시니컬하고 염세주의자가 되는지는

겪어 본 사람만 안다.

"일단 프랑스 국민들은 대부분 그 미친놈을 지지하겠네요."

—네.

프랑스 국민들은 잘못된 게 있으면 때려 부숴서라도 고쳐
야 한다고 생각하는 사람들이다.

그래서 혁명의 국가라는 말까지 나오는 거고.

그런 사람들에게 법으로 제대로 처벌받지 않은 이를 처리
하는 처단자의 등장은 환호할 일이다.

"아주 머리가 아프네요."

노형진은 머리를 절레절레 흔들었다.

그런데 의외의 말이 나왔다.

—그런데 그 사람, 안 잡으면 안 됩니까?

"네?"

피해자의 유족인 제롬조차 그를 잡지 않았으면 한다는 말
을 꺼낸 것이다.

—사실 그가 하는 일이 좀 과격하기는 하지만 틀린 일은
아니고…….

'아, 맞다. 제롬도 프랑스인이지.'

더군다나 제롬은 아버지와 성향이 너무 다르다.

애초에 자기 아버지가 죽을 만했다고 인정했고, 그가 진범
을 잡으려고 한 것도 복수가 아니라 엉뚱한 사람이 피해를
입을까 봐서였다.

'그러니 그의 입장에서는 상관없지.'

진범이 나타났고, 다른 피해자가 생겼다고 하지만 범죄자다. 엉뚱한 사람이 누명을 쓰고 처벌을 받을 일은 없어졌고 말이다.

그러니 그의 입장에서는 그냥 누군가가 나쁜 놈들을 다 죽여도 상관없다고 생각할 것이다.

자기는 나쁜 놈이 아니니까.

"일단 그러면 저는 손을 떼도록 하겠습니다."

의뢰인이 거절하면 변호사는 할 말이 없다.

―죄송합니다. 의뢰비는 일단 계좌로 보내 드리지요. 제가 원하는 건 다른 피해자가 생기지 않는 거였고, 실제로 그런 일은 일어나지 않았으니까요.

"감사합니다. 하지만 한 가지만 더 말씀드리겠습니다."

―말씀하세요.

"조만간 다른 선량한 피해자가 발생할 겁니다."

―네?

노형진의 말에 제롬은 어리둥절한 기색이었다.

"현실은 영화와 다릅니다. 히어로물이 아니니까요."

노형진은 차분하게 말했다.

"그리고 그때 막아야 한다며 연락을 주신다면, 의뢰비는 별도입니다."

―알겠습니다.

이것이 법이다

그 말에 제롬은 순순히 납득했다.

전화를 끊고 나서 노형진은 달력을 바라보았다.

"제발 내 생각이 틀렸으면 좋겠는데 말이지."

진심으로 노형진은 자신의 예상이 틀리기를 기도했다.

악마는 가면을 쓰고 나타난다

　프랑스의 미스터 저스티스는 금방 해외에도 이슈가 되었다.

　경찰법학자들은 그래 봤자 살인자라면서 뭐라고 했지만, 국민들은 자칭 미스터 저스티스를 옹호하면서 그를 그냥 두라고 했다.

　"이럴 줄 알았지."

　특히나 그 미스터 저스티스가 소위 난민에 대해 처형을 단행하자, 그동안 국제적 정의라는 이름하에 난민에게 밀려서 도리어 역차별을 받던 프랑스 국민들의 지지도는 하늘을 찔렀다.

　"멍청하긴. 망할 인권쟁이들이 결국 사고 친 게 이렇게 돌아오는군."

좋게 말해서 인권 운동가, 나쁘게 말해서 인권쟁이들은 정작 인권에 대해 무지하다.

진짜 인권 운동가들은 인간이 가진 모든 권리가 특별하다고 생각하며, 그들이 난민이든 아니든 자신들의 영역 안에 들어오면 똑같은 권리와 책임을 가진다고 주장한다.

사실 그게 정상이다.

난민이든 관광객이든 자국민이든, 결국 책임은 같아야 정상이다.

물론 상황에 따른 사법적인 관용은 있을 수 있다.

가령 관광객이 현지의 법을 잘 몰라서 한 실수 같은 것은 분명히 선처의 대상이다.

하지만 이슈를 타려고 한 인권 운동가들은 난민은 불쌍하니 그들에게 혜택을 줘야 한다고 주장했고, 그들이 범죄를 저질러도 처벌을 막아야 한다고 주장하기도 했다.

그들로서도 어쩔 수 없이 저지른 일이라는 것이다.

법을 몰라서 저지른 거라면 이해라도 하겠는데, 절도나 강간, 살인 등 상식적으로 모를 수가 없는 범죄까지 난민이라는 이유로, 불쌍하다는 이유로 무조건적인 선처를 요구한 것이 문제였다.

결론적으로 그들 때문에 자국민들이 역차별받는 사태가 벌어지고 있음에도 불구하고 그들은 눈을 감았다.

"그리고 결국 이런 일이 터졌지."

수십 명의 난민이 광장에서 프랑스 여성을 소위 말하는 타루하시, 그러니까 집단 강간을 했음에도 불구하고 경찰이 제대로 대처를 못했고, 미스터 저스티스는 그중 일부를 찾아서 직접 처단함으로써 어마어마하게 지지율을 높였다.

"결국 이렇게 될 줄 알았어."

노형진은 그 뉴스를 보고 눈을 찌푸리며 말했다.

"이렇게 될 줄 알았다는 게 뭔 소리야?"

한국에 온 손채림은 같이 뉴스를 보다가 한숨만 쉬는 노형진을 보고 고개를 갸웃하며 물었다.

"그 미친놈이 범인이라고 지목한 사람이 과연 진짜 범인일까?"

"응? 그게 무슨 소리야? 뉴스에서는 자백했다면서?"

"그래, 그랬지. 하지만 그 뉴스의 영상에서는 하체가 일절 안 나왔어."

그 말은 하체에 어떤 고문을 했는지 알 수 없다는 뜻이다.

"애초에 프랑스 경찰이 그 당시 집단 강간을 했던 난민들을 잡지 못하는 이유는 특정하기 힘들기 때문이야."

여행객과 다르게 난민은 여권도 없고, 특정 지역에 거주하는 것도 아니다.

그렇다 보니 프랑스 경찰이라고 해도 쉽게 특정해서 잡을수가 없다.

"그 당시 주변 카메라들은 경찰이 싹 수거해서 범인을 특정하고 있지. 그런데 미스터 저스티스는 도대체 어떻게 범인

중 한 명을 특정해서 살해한 걸까?"

노형진의 말에 손채림은 뜨악한 표정이 되었다.

"설마 가짜 범인을 만들어 냈다는 거야?"

"프랑스에서 지금 가장 큰 사건은 타루하시야. 그 사건을 나서서 해결했다고 하면 그 관심이 어디로 쏠리겠어?"

그 관심 종자는 오로지 관심을 받는 게 목적이다.

그리고 이번 일은 그러한 관심을 받을 수 있는 절호의 기회다.

"지금 프랑스에는 사방에 난민이 넘쳐 나. 그들은 법적으로 보호를 받고 있지도 않고 추적도 불가능하다시피 하지. 그런데 그중 한 명 잡아다가 고문해서 자백을 받아 내는 게 어려운 일일 거라 생각해?"

"그런……."

"정의라는 이름에 속지 마. 그놈은 그냥 관심 종자야."

손채림이 믿기 어렵다는 듯 말했다.

"하지만 진짜 정의일 수도 있잖아."

"정의는 개뿔."

노형진은 피식 웃었다.

"이미 그 녀석이 벌인 살인 사건을 알아봤어. 그 피해자들은 다들 유명인들이야."

"유명인들?"

"그래. 뉴스나 언론에 나온 자들. 그래서 그 범죄를 특정할 수 있는 자들."

그래서 사람들이 열광할 수 있는 자들이었다.

"하지만 이번은 처음이지."

지금까지는 죄가 입증된, 그래서 사람들이 관심을 가진 이들에 대한 처단이었다.

하지만 이번에는 그런 게 아니었다.

자백을 했다고 하지만 그와 관련된 어떠한 증거도 없다.

"설마?"

"내가 왜 이런 미친놈을 그냥 두면 위험하다고 했는데?"

정의? 좋다.

만일 완벽하게 정의로운 자가 존재하고 그가 공평하게 그리고 공정하게 범죄를 처벌한다면 그는 영웅이라 불릴 만하고, 노형진도 군이 그를 잡으라는 소리는 하지 않을 것이다.

노형진은 법으로 먹고살지만, 동시에 수많은 범죄의 피해를 목격한 사람이기도 했다.

"하지만 그런 사람은 없지."

영웅을 표방하지만 영웅으로서의 한계라는 게 있다.

노형진이 사람을 죽이지 못해서 죽이지 않는 게 아니다.

노형진이 작심하고 킬러 고용하고 누군가를 죽이려고 덤비기 시작하면 타깃이 대한민국의 대통령급이 아닌 이상에야 유명을 달리할 것이다.

"하지만 말이야, 난 그럴 자격도 없어."

그건 아주 중요하다.

"인간은 누구나 실수를 해."

만일 억울하게 죽을 경우 그건 돌이킬 수 없기 때문이다.

"사람들은 안티히어로를 꿈꾸지. 하지만 그건 그가 절대 실수하지 않는다는 점을 가정하고 하는 상상일 뿐이야."

히어로는 영웅이라는 의미다. 그 뜻 그대로 그들은 약자를 돕고 악당과 싸운다.

하지만 많은 히어로 무비에서 그들은 범죄자를 잡는 와중에도 살인을 하지는 않는다.

그게 설사 악당이라고 해도 말이다.

그래서 미국 히어로 무비를 보면 악당들은 자신들의 행동의 반동으로 죽는 경우가 많다.

절대 영웅이 직접 죽이지 않는다.

그건 영웅의 존재 의의가 부정되는 걸 의미하기 때문이다.

"하지만 안티히어로는 아니지."

그들은 정의라는 이름하에 살인도 불사한다.

히어로 활동을 하지만, 영웅의 속성을 따르지는 않는다.

그래서 안티히어로라고 불린다.

"이 미친놈은 자신이 일종의 안티히어로라고 생각하고 있어. 그리고 내가 말했다시피 그건 한 가지 가설을 바탕으로 삼고 있지."

노형진의 말에, 손채림은 뭐가 문제인지 알아차렸다.

"나는 '절대적'으로 옳다……."

"맞아. 이 미친놈은 지금 그런 상태야."

자신은 틀리지 않는다.

자신이 하는 것은 언제나 옳다.

자신은 언제나 완벽하다.

"거기에다 연극성 성격장애까지 있으니 그걸 어필할 테지."

노형진은 씁쓸하게 말했다.

"과연 이 미친놈이 어떤 행동을 벌일지, 아마 조만간 알게 될 거야."

이어지는 그의 목소리에는 안타까운 기색이 듬뿍 담겨 있었다.

"어쩌면 인간이라는 종은 히어로가 되기에 한계가 있을지도 모르지."

⚖

얼마 후 제롬이 찾아왔다.

그의 얼굴은 창백했다.

"무슨 일이 터졌습니까? 왜 한국까지 오신 겁니까?"

"사건이 너무 다급해서요. 연락을 드렸습니다만, 연락이 없으셔서……."

"아, 중요한 재판을 하느라고 전화기를 꺼 놨습니다. 그런데 다급한 사건이라니요?"

"미스터 저스티스, 아니 그 미친놈이 살인을 했습니다."

"한두 건 살인을 한 게 아니지 않습니까?"

그는 기존에 처벌이 미흡했다고 생각된 사람들을 대상으로 살인을 일삼았다.

사람들은 그가 영웅이라고 생각했지만 노형진은 미친 관심 종자라고 판단했다.

그리고 노형진의 생각이 맞았다.

"그 미친놈이 일가족을 참살했습니다."

"일가족을요?"

"네, 물론 어쩔 수 없는 일이라고 하는데……."

"세상에 어쩔 수 없는 살인은 없죠."

전쟁터가 아닌 이상에야 어쩔 수 없이 죽였다는 말은 통하지 않는다.

"지금 프랑스 뉴스에서 대서특필되었습니다만, 아직 한국에는 퍼지지 않은 것 같네요."

"도대체 무슨 일인데요?"

"그게…… 증인을 죽였습니다."

이번 표적은 미성년자 강간범이었다.

그는 출소 후 허름한 아파트에서 살고 있었다.

그 미친놈은 그의 집에서 기다리다가, 그가 집에 들어오자 습격해서 죽였다.

이것이 법이다

"하지만 범행 후 그 집에서 나오다가, 맞은편 집에서 나오던 아이들과 마주쳤습니다."

오래된 아파트라 CCTV도 없었기에 방심하고 있던 범인은 그 집 아이들과 정통으로 마주쳤다.

당연히 그 미친놈은 자신이 드러났다고 생각해 두 아이를 죽였다.

"그리고 신고를 늦출 생각으로 그 집에서 기다리다가 퇴근하는 아이들의 어머니도 같이 죽인 것 같습니다."

이번 사건의 피해자 중 아동 강간범은 어차피 제대로 된 직장도 없고 사람들도 거리를 둬서 신고가 늦게 들어갔지만, 아이들 가족은 어머니가 정식으로 직장을 다녔고 이틀간 출근도 하지 않고 연락도 되지 않자 매니저가 그녀의 집으로 갔다가 살인 현장을 발견한 것이다.

"제 잘못 같습니다. 제가…… 그때 계속 조사하자고 했더라면……."

노형진은 그런 그를 진정시켰다.

"그건 도의적인 문제입니다. 엄밀하게 말하면 이번 사건에서 제롬 씨가 잘못한 건 없지요."

도리어 그는 희생자가 발생하는 것을 막기 위해 쓸데없는 돈을 날린 거다.

"이 사건에서 제대로 일하지 않은 건 제롬 씨가 아니라 경찰입니다."

어찌 되었건 노형진이 가짜 자수범들을 걸러 냈으니 당연히 프랑스 경찰이 나서서 범인을 추적하고 잡아야 했다.

그런데 그들은 제대로 일도 하지 못했다.

심지어 그가 몇 차례나 살인을 하는 동안에도 말이다.

"물론 경찰의 입장도 이해가 갑니다만."

미스터 저스티스는 프랑스의 대다수의 사람들에게 지지를 받고 있었다.

당연히 수사를 해도 주변에서 도와줄 리가 없다.

"나름대로 유전자도 채취하고 지문도 채취하려고 했겠지만……."

'그런 허술한 놈일 리가 없지.'

그런 놈이었다면 벌써 옛날에 잡혔을 것이다.

"하지만…… 제가 계속 수사를 하자고 했다면……."

"계속 수사했다면 놈을 잡았을 거라는 보장도 없지 않습니까."

"……."

"물론 현 상황에서 황당하고 어이가 없으시겠지만요, 범죄자는 범죄자일 뿐입니다."

노형진의 말에 제롬은 얼굴을 부여잡았다.

"그래도 그렇지, 왜 이렇게 돌변한 건지 모르겠습니다."

"지지란 그런 겁니다. 연예인들이 왜 인기가 떨어지면 마약에 빠지는지 잘 모르실 겁니다."

"연예인요?"

"네. 인기란 일종의 중독이죠."

자신에게 보여 주는 관심, 애정. 그것들이 그러한 사람들에게는 큰 힘이 된다.

그래서 어떤 사람은 무대에서 활동하는 것을 자랑스러워하지만, 또 어떤 사람은 무대에 올라가는 것을 무척이나 두려워한다.

"그리고 그렇게 계속 추앙을 받으면 사람은 점점 자신이 법보다 위에 있다는 생각을 하게 되지요."

그래서 연예인들이 그렇게 쉽게 마약에 빠지는 것이다.

처음에는 사랑받는 것에 그저 행복해하다가, 그게 자신이 이들보다 우월하다는 잘못된 자부심으로 성장한다.

그러다가 아차 하면 굴러떨어지는 것이다.

"멀쩡한 사람도 그런데 관심 종자들은 어떻겠습니까?"

관심을 받다 보면 자신이 다른 사람과 다르게 더 우월하다는 생각으로 변질된다.

그리고 그렇게 변질된 생각은 다른 사람의 목숨을 가볍게 보는 원인이 된다.

"마치 지금처럼 말이지요."

"지금이라도 잡을 수 있겠습니까?"

"쉽지는 않을 겁니다."

노형진은 걱정스럽게 말했다.

아무리 범죄자 출신들을 죽이는 의적 노릇을 했다고 하더라도 범인은 현 사법을 농락하는 살인범이다.

프랑스 경찰이 지금까지 그냥 두지는 않았을 것이다.

그런데도 아직도 잡히지 않았다는 것은…….

"그 녀석도 경찰을 뿌리치는 방법을 잘 안다는 소리죠."

"하지만 지금까지와 다르게 국민들의 지지가……."

"국민들은 이런 경우 싸웁니다."

한쪽은 정부에서 사건을 뒤집어씌운다고 주장하면서 살인 사건을 부정할 테고, 한쪽은 거봐라, 살인범일 뿐이지 않느냐고 싸울 것이다.

"어찌 되었건 후자보다는 전자일 가능성이 높죠."

특히나 프랑스처럼 치안이 불안한 나라일수록 민간에서 자위를 하려고 하는 성향은 강해진다.

"한국도 마찬가지입니다."

네티즌 수사대라는 말이 괜히 생긴 게 아니다.

경찰에서 사건을 조작하고 범인을 보호하고 그것도 모자라서 피해자를 가해자로 만드는 일이 비일비재하다 보니, 결국 국민들이 스스로 자신들을 지키기 위해 뭉치는 심리가 발현된 것이 바로 네티즌 수사대다.

그들은 사법권은 없지만 어떤 면에서는 경찰보다 훨씬 유능하다. 모든 방면의 전문가들이 모이니까.

하지만 그들은 감정적으로 행동하며, 정해진 답 이외에는 듣지 않으려고 하는 성향이 있다.

이것이 법이다

하물며 집단 지성도 그런데 일반 개인이 그러한 감정적 파도에서 멀쩡할 수는 없다.

"프랑스는 현재 치안이 좋지 않지요. 난민 문제의 인도적 해결은 정치인들과 인권 운동가들의 놀음일 뿐이고요."

정작 그 아래에서 난민들과 엉켜 살면서 피해 보는 사람들에 대한 보호책은 전무하다.

그런 상황에서 치안이 나빠지고 경찰은 한계가 닥쳐온다.

그러니 자위적 영웅을 찾는 것이 현실이다.

"우리 프랑스가 어쩌다가……."

"정치인들이 멍청해서 그런 겁니다."

정치를 할 때는 반작용을 감안해야 한다.

난민이 불쌍하다고 받아 줄 수는 있다.

당연히 그로 인해 발생할 피해도 예상하고 준비했어야 했다.

하지만 프랑스는 인권이니 인본주의니 하는 말만 앞세우며 아무런 준비도 하지 않고 난민을 받아들였고, 그 결과 프랑스 전역이 범죄로 들끓었다.

오죽하면 프랑스의 가장 유명한 관광지 중 한 곳인 몽마르트르 언덕은 외국인의 절반은 관광객이고 나머지 절반은 소매치기라는 자조 섞인 농담이 나올 정도다.

"그건 저도 마찬가지로군요."

제롬은 씁쓸하게 말했다.

"한 가지 면만 보고, 그런 사람이 있어도 될 거라 생각했습니다."

"그게 현실이죠. 대부분 그렇게 생각합니다. 하지만 인간은 어지간하면 변합니다."

노형진 같은 경우야 한 번 죽었고 또다시 살아났던 기억이 있는 사람이다.

당연히 변해서는 안 된다는 정신적 압박감이 있다.

그러나 일반인은 그렇지 않다.

권력이 없을 때는 독립운동가였지만 권력을 잡은 후에는 친일파 매국노가 된 사람이 어디 한두 명이던가?

"제가 한 멍청한 짓 때문에 일가족이 죽었다는 생각이 머리에서 떠나질 않습니다. 지금 프랑스 경찰은 최선을 다하고 있다지만 도무지 답이 안 보이고요."

"그러니 저보고 같이 가서 잡아 달라는 말씀이신가요?"

"네."

"하지만 미리 말씀드리지만, 저라고 확실하게 잡을 수 있는 건 아닙니다."

사실 확실하게 잡을 수 있다.

최악의 경우 살인 현장에 가서 사이코메트리를 하면 된다.

접근이 쉽지는 않겠지만 말이다.

"알겠습니다. 제 양심의 가책이라도 덜고 싶네요."

제롬은 결국 순순히 고개를 끄덕거렸다.

"그러면 바로 가지요."

노형진은 구석에 있는 캐리어를 잡아끌었다.

"그건?"

"제가 해외 출장이 좀 많아서요, 후후후."

프랑스에 가니 확실히 제롬 말대로 사회 전반에서 이번 사건에 대한 의견 충돌이 거세게 일어나고 있었다.

일부에서는 죽은 사람들이 알려지지 않은 범죄를 저지른게 분명하다고 생각하고 있을 정도였다.

"경찰에서는 역시나 아무것도 안 주네요."

아무리 제롬이라지만 경찰에게 제대로 된 자료를 받지 못했다.

사실 제롬은 지금까지 유학을 하다 온 사람이다.

아버지의 재산을 물려받아서 돈은 있을지 몰라도 인맥이있는 건 아니니까.

"정확한 살인 현장도 모른다고요?"

"네……."

"끄응……."

노형진은 생각지도 못한 상황에 당황했다.

사실 이 미친놈이 얼마나 더 많은 사람들을 죽일지 알 수가 없었기에 살인 현장에 가서 사이코메트리로 기억을 읽어서 범인을 특정하려고 했다.

그런데 현장을 모른다니?

'망할 놈의 짭새들. 이 새끼들은 어딜 가나 마찬가지네.'

만일 제롬이 권력이 있거나 아니면 아버지 정도의 능력만
되었어도 살인 현장을 알려 줬을 것이다.

하지만 이제 막 프랑스로 돌아온 제롬에게 그런 능력이 있
을 리가 없다.

"뉴스에 나온 걸로 특정할 수는 없는 거죠?"

"애석하게도요."

노형진의 말에 제롬은 머리를 긁었다.

'이거 참, 정보가 막혀 버리니까 답답하네.'

하긴 한국에서야 정보 팀이 있으니 필요한 정보를 쉽게 얻
은 거지, 현실적으로 말하면 살인 사건이 벌어진 현장을 특
정하는 것도 쉬운 일이 아니다.

일반인이 찾아가 어디서 사건이 터졌느냐고 물었을 때 순
순히 다 이야기해 주는 경찰은 어디에도 없다.

"아무런 증거도 없는데 어떻게 추적을 하죠?"

물론 증거물이야 있겠지만 살인 현장도 보여 주지 않는 프
랑스 경찰이 증거물에 손댈 수 있게 해 줄 리가 없다.

"그나마 우리가 손에 넣을 수 있는 건 인터넷에 풀려 있는
진범의 범죄 자백 기록뿐입니다."

"일단 그거라도 보도록 하죠."

노형진의 말에 제롬은 호텔 방에 미리 연결했던 노트북을 켰다.

경찰이 해당 영상이 올라오기 무섭게 삭제하고 있기는 하지만 아무리 경찰이 빨라도 수십만의 인터넷 사용자들보다 빠를 수는 없었기에 누군가는 그걸 발견해서 저장했고, 그래서 구하는 게 힘들기는 하지만 그 촬영된 장면을 볼 수 있었다.

"주로 끈을 이용해서 살해합니다만."

"살해 장면은 빨리 넘어가죠."

"네?"

"아마도 경찰이 살해 장면은 많이 조사했을 겁니다."

그럼에도 불구하고 특정하지 못했다.

딱 봐도 특정할 만한 게 없다.

몸에 부착하는 타입의 캠코더라 보이는 것은 두꺼운 장갑을 끼고 있는 두 손뿐이다.

"상대방은 이미 제압되어 있네요."

"네, 그런 방식으로 상대방을 살해하더군요. 저희 아버지도 그랬고요."

피해자가 기절한 상태에서 범인은 가느다란 줄을 손에 감는다.

"전에는 맨손으로 한 것 같은데요?"

"저희 아버지 때에는 그랬지요."

하지만 그다음부터 방법을 바꿨다.

"저게 일종의 진범의 시그니처인 셈이군요."

피아노 줄을 이용해서 상대방을 교살하는 것. 그게 진범이 했다는 증거였다.

피해자는 완전히 무력화된 상황에서 저항하지 못하고 그저 끄륵끄륵 소리를 내다가 숨이 넘어갔다.

"중요한 건 그의 범죄 주장이죠."

그는 범죄를 언급할 때 따로 녹음을 하거나 하지 않는다.

미리 준비한 출력된 종이를 차례대로 보여 줄 뿐이었다.

거기에도 본인의 모습은 없다.

그저 자신의 캠에 보여 줄 뿐이다.

거기에는 살인의 이유와 자세한 상황이 그대로 쓰여 있다.

"목적이야 뻔하고."

자칭 정의를 위한 살인이다.

하지만 노형진이 보기에는 완전 개소리일 뿐이다.

"피해 아동들의 살인 방식은요?"

"그것도 교살입니다."

"일종의 시그니처로 완전히 굳어 버린 것 같은데."

노형진은 말을 하면서 긴 한숨을 쉬었다.

그렇게 제롬이 구한 모든 영상을 본 노형진은 머리를 북북 긁었다.

"범인은 아마도…… 여자일 겁니다."

"네?"

노형진의 말에 제롬은 깜짝 놀랐다.

지금까지 프랑스 경찰은 범인이 남자라고 생각하고 추적을 해 왔다.

그런데 노형진이 지금까지의 추적이 다 의미 없어지는 말을 한 것이다.

"그걸 어떻게 아십니까? 범인이 여자라고요? 경찰은 남자일 가능성이 높다고 발표했는데요."

"지금까지 이런 타입의 범죄자들은 다 남자였거든요. 프랑스 경찰도 바보는 아닐 겁니다. 제 말대로 프로파일러를 썼을 거예요. 그러면 대충 각이 나오죠. 나이는 20대에서 30대. 의료 쪽에 종사하는 남성으로 평소에 드러내기를 좋아하는 성격이라고 판단했겠지요. 또한 법률계에 경험이 있거나 인맥이 잘되어 있는 사람이라고 생각할 테고요."

"비슷합니다. 저도 내부의 보고서를 보지는 못해서 잘 모르지만, 그 정도 이야기는 나오는 것 같더군요. 그런데 어떻게 아신 겁니까?"

"저도 주워들은 게 있으니까요."

사람의 행동은 일정한 패턴으로 이루어져 있다.

사람들이 참신하게 행동하려고 노력하고 범죄자들이 수사에 혼선을 일으키려고 범죄를 저지르는 과정에서 속임수를 쓰기도 하지만, 결국 정해진 패턴 내에서 약간의 변수를 주는 정도일 뿐이다.

그래서 프로파일이 가능한 것이다.

하지만 이것은 동시에, 패턴을 정확히 파악해서 완전히 뒤집어 버린다면 전혀 다른 타입의 범죄자로 해석될 가능성이 있음을 뜻하기도 한다.

물론 그게 쉬운 건 아니지만.

"일단 문제가 되는 건 영상에서 눈이 풀린 저 피해자들의 상황이죠."

정상적인 상황이라면 기절해 있거나, 혹 깨어 있다면 저항을 해야 한다.

하지만 영상 속의 피해자들은 기절한 것도 아닌데 눈이 풀려 있다.

즉, 특정 약물을 이용해서 저렇게 만들었다는 거다.

"그러니 의료계 인물을 의심할 겁니다."

"법률계라면요?"

"과거의 범죄자라고 해도 개인 정보를 캐내는 건 어려운 일입니다. 그런데 사는 곳을 찾아가서 살인을 한다? 어느 정도의 정보가 없다면 할 수 없는 행동이지요."

저런 범죄자들은 대부분 자기 집이 없다.

그러니 그가 범죄를 저지르면 당연히 그 집이 비는데, 집주인이 그 방을 남겨 뒀을 리가 없다.

"설사 가족들이 있다고 해도, 집을 팔고 그곳을 떠나는 게 보통입니다."

이것이 법이다

얼굴이 외부에 드러난 이상 온 동네에 살인자의 가족이라
는 사실이 알려질 테니까.

설사 그들이 출소를 해도 가족이 받아 주는 경우는 별로
없다.

가족이라는 끈이 아주 강한 한국과 다르게 프랑스는 그러
한 끈이 상당히 허술한 편이기 때문이다.

"그러니까 사건 이전에 살던 곳에 간다고 해도 그를 찾아
내는 것은 불가능하죠."

"그래서……?"

"네, 그러니까 경찰은 법률계 종사자라고 생각하기 쉽습
니다. 그런 범인들은 분명히 정부에서 관리를 할 테니까요."

"하지만 노 변호사님은 다르게 생각하시는군요."

"너무 뻔해요. 관심 종자이기는 하지만 그들이 멍청한 건
아닙니다."

범죄자들은 단순한 경우가 많다.

물론 사기꾼 같은 자들은 똑똑하지만, 그건 특수한 경우다.

"하지만 이제까지 범인이 한 행동들을 보면 아주 지능적입
니다."

지금까지 다른 관심을 끄는 타입의 범죄자들은 자신의 살
인을 자랑하거나 강렬한 표적을 노리는 방식을 골라서 하기
는 했다.

하지만 이번 범인은 그런 타입이 아니다.

이자는 사람들이 관심을 가질 수밖에 없는, 그리고 자신에게 정당성을 부여할 수 있는 자들을 골랐다.

"그건 오래 활동할 수 있다는 자신이 있는 거죠."

순간의 관심을 끌고 잊혀 버리는 게 아니라 관심을 오래 유지할 수 있는 자신이 말이다.

"즉, 경찰이 자신을 찾지 못할 거라고 생각하고 있다는 소리입니다. 아마 확신하고 있겠지요."

"그걸 프로파일러가 모를 수도 있나요?"

"그게 문제이기는 한데……."

노형진은 턱을 문지르면서 눈을 찌푸렸다.

"솔직하게 말하면 경찰에 속한 프로파일러가 모를 리가 없죠."

"그런데요?"

"하지만 반대라고 생각할 수도 있지요."

"반대?"

"네. 범인은 지금까지 현장에 어떤 증거도 남기지 않았습니다."

그가 촬영한 영상에 정보가 들어가기는 하지만 그건 사건이 한참 지난 후에 올라간다.

그렇다 보니 경찰은 그게 올라가기 전까지 현장이 어딘지도 모르다가 뒤늦게 그곳에 가서 정보를 얻는다.

"그리고 우리에게 공개하지는 않지요."

"그거야 당연하죠."

"그래서 우리보다 더 모를 수도 있어요."

"네?"

"상대방이 똑똑한 사람이라면, 그래서 프로파일러에 대해 어느 정도 조사를 하고 준비를 한 사람이라면?"

노형진은 턱을 괴고는 동영상 정지 화면을 뚫어져라 바라보았다.

"저라면 경찰이 혼란스럽게 할 수 있는 다른 뭔가를 뿌려 놓을 겁니다."

"다른 무언가?"

"네. 가끔 머리 좋은 범인들이 그런 방식을 쓰지요."

단순하게 욱해서 죽이는 게 아니라 치밀하게 준비를 하는 경우가 있다.

"그게 가능하다고요?"

"가능합니다. 실제로 그런 적이 있었고요."

노형진이 담당한 사건 중에는 피해자가 죽은 장소에 돼지 피를 뿌려 버린 놈도 있었다.

보통 범죄자들은 유전자 검사를 막기 위해 청소를 생각한다.

하지만 이 살인범은 아니었다.

자신이 싸우다가 피를 흘렸다는 사실을 알자마자 돼지 피를 사다가 온 방 안에 부어 버렸다.

한 방울의 피가 방 안에 떨어져 있다면 그걸 찾아서 조사하겠지만, 온 방 안에 돼지 피가 가득하니 아무리 과학수사

팀이라고 해도 범인의 피를 찾을 방법이 없었던 것.

결국 그 사건은 범인을 잡지 못했다.

기존과 다른 방식으로 훼손한 증거를 복원할 방법이 없었기 때문이다.

"그러면 정작 우리는 함정에 빠지지 않는 이유가, 오히려 사건에 대해 잘 모르기 때문이라고요?"

"네."

똑똑한 놈이라면 그게 가능하다.

"프랑스 경찰도 바보는 아닐 테니까 분명 과학수사나 프로파일링까지 다 동원했을 겁니다. 그런데 잡지 못하고 있지요. 그건 범인이 가짜 정보를 계속 섞고 있기 때문일 가능성이 높습니다."

"그러면 경찰의 생각이 맞는 거 아닙니까? 전문가가 아닌 이상에야 그런 걸 다 알고 대처할 수 있을 리가 없지 않습니까?"

"옛날에는 그랬지요."

"옛날에는?"

"네. 하지만 지금은 시대가 바뀌지 않았습니까?"

방송에서는 현대 과학수사를 주제로 드라마가 나오고 관련 책자들도 나온다.

물론 거기에 나오는 많은 기술들이 진짜 존재하며 실제로 동원되는 기술들이다.

"물론 그 안에서도 감춰지는 건 있습니다."

이것이 법이다

아주 최신 기술 같은 것은 협의를 통해 공개되지 않는다.

"하지만 그것만으로도 충분히 머리 좋은 놈은 대략적인 과학수사나 프로파일링 기법을 유추해 낼 수 있습니다."

가령 이런 거다. 과거에는 유전자 검사 한 번에 몇 달씩 걸렸지만 지금은 사흘이면 분석해 낸다.

과거에는 오로지 지문에만 매달렸지만 지금은 그 지문을 만들어 낸 성분까지 조사한다.

"기술은 발전하지요. 하지만 법은 그렇게 빠르게 발전하지 못합니다."

증거가 발견되는 것과 증거가 인정되는 것은 전혀 다른 문제다.

그렇다 보니 새로운 기술이 발달한다고 해도 바로 그걸 조사에 쓰지 않는다.

그걸 적용해서 조사를 하려면 법적으로 그 기술로 인한 결과를 인정해야 하는데, 그건 기술적인 문제가 아니라 법적인 문제다.

"복잡하네요."

"복잡하지요. 어찌 되었건 범인은 남들의 관심을 끌고 싶어 하는, 매우 똑똑한 사람입니다. 그러니 다른 쪽으로 끌어내야 할 겁니다."

"다른 쪽으로요?"

"네, 다른 쪽으로요. 범인이 기존 수사 방법에 대해 잘 알고 있다고 가정해야 합니다."

분명 충분히 그런 조사를 했을 것이다.

"하지만 심리에 대해서까지 조사한 건 아닐 겁니다. 그건 혼자서 공부해서 해결할 수 있는 부분도 아니거니와, 안다고 해도 고칠 수가 없어요. 그렇게 쉽게 고칠 수 있었다면 세상에 미친놈은 없었겠지요."

"심리라……."

"범인은 연극성 성격장애를 가지고 있습니다. 본인도 그 사실을 알지도 모르죠. 하지만 그 성향을 통제하지는 못합니다."

그걸 통제하지 못하니까 미친놈인 것이다.

"더군다나 상황은 우리 쪽에 유리하지 않습니다. 아마 조만간 추가 희생자가 나올 겁니다. 범죄자가 아니라 일반인 사이에서요."

"네? 아니, 그게 무슨 말씀입니까? 지난번 일은 단순한 사고 아닙니까? 같은 사고가 또 생긴다고요?"

노형진은 고개를 흔들었다.

단순히 사고였다면 얼마나 좋겠는가?

하지만 다음번은 사고일 수가 없다.

범죄자들 중 머리 좋은 놈은 자신의 실수에서 배운다.

실제로 이놈은 한 번 실수해서 관심을 빼앗길 뻔한 다음 바로 다른 방식으로 사람들의 관심을 끌었다.

'한 번 실수에서 배웠는데 두 번 배우지 말라는 법은 없지.'

그리고 그게 문제다.

"네, 어쨌거나 범인은 관심 종자입니다. 사람들의 관심을 끌기 위해 뭐든 합니다. 그리고 상황은 최악이지요."

그럴 수밖에 없다.

지금까지는 나쁜 놈을 잡으면서 관심을 받았지만, 시간이 지나면서 그건 당연한 일이 되니 관심이 줄어들 수밖에 없다.

"그런데 이번에 무고한 사람을 죽임으로써 다시 관심을 끌었습니다. 제 생각에는 범인은 거기서 뭔가를 배웠을 겁니다."

"어떤 걸요?"

"적절하게 '섞는' 것도 나쁘지 않다."

살인범을 죽이는 것도 좋지만, 그 와중에 가끔 불운하게 끼어든 선량한 피해자를 죽이는 것, 그것도 나쁘지 않을 것이다.

그리고 그걸 대를 위한 소의 희생으로 포장한다.

실제로 이번 사건은 그랬고 말이다.

"이게 어마어마하게 관심을 끌었죠."

"그러면 이제는 고의적으로 그럴 수도 있단 말입니까?"

"말씀드렸다시피 이런 관심 종자들의 핵심은 정의가 아니라 관심입니다. 관심만 끌 수 있다면 희생자가 누구든 상관없습니다."

그러니 어떻게 해서든 막아야 한다.

"가장 좋은 방법은 관심을 끊어 버리는 거죠."

관심 종자들은 관심을 갈구한다.

당연히 관심을 끊어 버리면 그들은 관심을 끌기 위해 뭐든 하려고 한다.

인터넷에서 하는 '먹이를 주시 마시오.'라는 말은 결코 농담이 아니다.

"그때 자수했던 사람처럼 말이지요."

허위 자수를 했던 자들은 관심을 끌기 위해 스스로 경찰서에 왔다.

그게 어떤 결과를 불러올지 알면서도 말이다.

만일 노형진이 아니었다면 진짜로 그들 중 누군가는 감옥에 갔을지도 모른다.

"하지만 그게 힘들 것 같은데요."

지금 전 프랑스가 그 문제로 들불처럼 들썩이고 있다.

누군가는 악당을 처단하다 보면 어쩔 수 없다고 했고, 다른 누군가는 결국 살인마였다고 했으며, 또 다른 누군가는 괴물을 잡다가 결국 스스로가 괴물이 되었다고 했다.

"그게 힘들면 다른 방법이 있습니다."

"어떤 거죠?"

"범인이 갑자기 이렇게 공격적으로 나선 이유가 뭔지 기억하시죠?"

"글쎄요."

"다른 관심 종자들이 나타났기 때문이죠."

최초의 희생자는 제롬의 아버지였다.

그때는 지금처럼 적극적으로 자신을 '홍보'하지 않았다.

하지만 그 사건 이후 범인은 자신이 했던 모든 것을 다 인터넷에 올리면서 광고하고 다니고 있다.

심지어 일가족을 죽인 것은 대를 위한 소의 희생이었다는 소리까지 하면서 말이다.

"범인이 갑자기 방식을 바꾼 이유는 자신에게 쏠려야 했던 관심이 다른 곳으로 향했기 때문이지요."

그건 사실상 무관심과 같다.

"만일 우리가 범인에게 쏠린 관심을 다른 곳으로 끌 수 있다면, 어떻게 해서든 관심을 자신에게 쏠리도록 하려고 노력할 겁니다."

"하지만 그러면 다른 피해자들이 생길 텐데요."

노형진은 고개를 끄덕거렸다.

"하지만 이쪽에서 그걸 제한한다면 이야기는 달라지지요."

"네?"

"범인이 하는 모든 짓이 다른 쪽으로 관심을 끈다면 결국 그 대상을 없애려고 할 겁니다."

"그게 가능합니까?"

"가능하지요."

노형진은 제롬을 바라보았다.

"현상금을 건다면요."

"현상금?"

"네."

"하지만 이미 현상금은 걸려 있는데요."

"경찰의 현상금은 당연한 겁니다."

하지만 사람들이 관심을 가질 정도의 돈도 아니거니와, 지지 세력이 많은 그 자칭 미스터 저스티스에 대한 제보를 그 정도 현상금으로 기대하는 건 무리다.

"더군다나 아까도 말씀드렸다시피 이 범인은 여자일 가능성이 높습니다."

사진에 나온 것은 장갑을 낀 손뿐.

그런데 노형진은 필요 이상으로 부피가 큰 장갑에 주목했다.

"아마도 자신의 작은 손을 감추기 위해 여러 겹으로 장갑을 꼈을 겁니다."

영상 속의 손은 이상할 정도로 움직임이 굼떴다.

줄로 사람의 목을 조를 때는 줄이 손에서 미끄러지는 것을 방지하기 위해 손에 줄을 감는다.

그래서 피해자의 목뿐만 아니라 가해자의 손에도 줄이 파고드는데, 이상하게도 영상 속의 손은 일반적인 경우보다 깊이 파고들었다.

그 정도면 정상적인 사람은 비명을 지를 텐데, 영상 속의 범인은 그러지도 않는다.

이것이 뜻하는 것은 둘 중 하나다.

이것이 법이다

범인이 통증을 못 느끼든가, 아니면 장갑 안에 다른 게 있든가.

"그리고 상대방을 제압하는 것으로도 알 수 있지요. 이런 건 정당성의 문제입니다."

대부분 자신이 정당하다고 주장하며 상대방을 죽이는 자들은, 피해자에게 자백하도록 강요하는 장면을 송출한다.

그럼으로써 자신의 정당성을 강조하고 세상에 경고해 준다고 생각한다.

"그런 게 신념적 살인범들의 특징이지요."

하지만 이 범인은 그런 장면이 없다.

오로지 완전히 인사불성이 된 상대방을 목 졸라 죽이는 장면뿐이다.

"그리고 필요 이상으로 피를 안 봅니다."

"피를 안 본다고요?"

"네. 일반적으로 살인 방법의 차이라고 할까요?"

남성 범죄자들은 피를 보는 것을 두려워하지 않는다.

그래서 폭행을 하거나 도검, 흉기를 쓰는 걸 주저하지 않는다.

그에 반해 여성형 범죄자들은 약한 힘 때문인지 피를 보는 것을 두려워하는 성향이 있다.

"그래서 여성형 범죄자들은 독살이나 차로 밀어 버리는 식의 간접적 방식을 선호합니다."

만일 범인이 정의를 요구하는 신념형 범죄자에 남자였다면 제압한 범죄자를 깨우고 촬영된 영상에 자백하는 모습과 칼이나 총 같은 걸로 한 방에 죽여 버리는 장면을 넣었을 것이다.

당연히 그 범죄자가 구타당하는 장면은 기본으로 들어갔을 것이다.

그래야 다른 범죄자들에게 공포를 안겨 줄 수 있으니까.

하지만 미스터 저스티스는 아니다.

범죄자의 얼굴을 찍고 미리 인쇄해 둔 죄목을 화면에 보여 준 다음 바로 살인에 들어갔다.

"여러 가지 상황을 봤을 때 가해자는 여성입니다. 그것도 상당한 미모를 가진 여성이겠지요."

"미모요?"

"지금까지 죽은 사람들은 다 남자입니다."

"아!"

그 남자들. 그들은 분명 질이 안 좋은 자들이다.

하지만 그들이 다른 사람들에게 친절해지는 순간이 있다.

바로 여자를 꼬시는 순간이다.

"예쁜 여자라면 그들을 제압할 수 있는 기회가 있지요."

그리고 범인은 그 여성적인 특성을 남성인 것처럼 감추는 데 능할 테고 말이다.

"대충 상황은 알겠습니다만, 그러면 어떻게 범인을 꼬셔

내죠? 말씀처럼 범인이 하는 모든 행동의 관심을 다른 쪽으로 쏠리게 할 수 있는 방법이 있나요?"

노형진은 씩 웃었다.

"바로 제롬 씨가 그 대상입니다."

"제가요?"

"네. 제롬 씨가 현상금을 거는 겁니다. 국가와 다르게요."

"어떻게 말입니까?"

"범인은 선을 자처합니다."

그리고 제롬은 아버지의 유산을 물려받은 사람이다.

제롬과 그의 아버지가 사이가 좋지 않다는 사실을, 외부 사람은 알지도 못한다.

"그러니 제롬 씨라면 충분히 그 가해자에게 현상금을 걸 수 있지요."

그것도 어마어마한 금액을 말이다.

"사건을 하나씩 저지를 때마다 현상금을 더 늘리는 겁니다."

"어째서요?"

"제롬 씨가 그 범인에게는 악당이 되어야 하니까요."

범인 입장에서는 자신의 활동 영역을 제한하는 듯 느낄 것이다.

거기에다 희생자, 그러니까 범죄자를 죽일 때마다 현상금을 늘린다면 결국 외부적으로 봤을 때 제롬은 범죄자를 보호하는 듯한 모습으로 비칠 수밖에 없다.

"자신은 일종의 의적이라는 환상에 빠져 있는 범인 입장에서는 아마 거대한 악의 축의 보스쯤 될 겁니다."

그러면 이쪽에서 더 강렬하게 도발할수록 범인은 제롬을 노릴 수밖에 없게 된다.

"그리고 사람들이 가장 관심을 가지는 것은 바로 돈이죠."

과연 현상금이 얼마나 올라갈 것이냐 하는 것.

"범인이 더 격렬하게 활동할수록 모든 관심을 제롬 씨에게 쏠리게 할 수 있습니다. 이쪽은 합법이고 저쪽은 불법이니까요."

이쪽은 공중파에 나와서 잡아야 한다고 주장할 수 있지만, 저쪽은 공중파에 나와서 자신의 정당성을 주장할 수 없는 처지다.

"적당히 자극하면 아마 어떻게 해서든 제롬 씨를 죽이려고 들 겁니다."

제롬은 침을 꿀꺽 삼켰다.

하지만 그는 자신의 실수를 인정할 줄 아는 사람이었다.

"그 미친놈이 잡힌다면야 아버지의 재산이야 큰 문제가 안 되죠."

"좋습니다. 그 미친놈에게 진짜 관심병이 뭔지 보여 줍시다."

이것이 진짜 관심 종자

　제롬은 그 관심 종자에게 현상금을 걸었다.

　그런데 그 현상금의 액수가 상상을 초월했다.

　"그자는 제 아버지를 죽였습니다. 그리고 다른 희생자들을 만들었죠. 그자에게 100만 유로의 현상금을 걸겠습니다. 그리고 그자가 다른 사건을 일으킬 때마다 그 현상금을 10만 유로씩 올리도록 하겠습니다."

　100만 유로. 한국 돈으로 따지면 무려 13억에 달하는 거금이다.

　물론 제롬은 그걸 감당할 수 있는 재력을 가지고 있다.

　당연히 프랑스에서 그는 핫한 인사로 떠올랐다.

　지금까지처럼 아무런 힘도 없는 피해자의 유가족이 아니

라, 미스터 저스티스라는 존재의 반대파의 수장으로 보이도록 한 것이다.

"미스터 저스티스라는 그 사람은 정의를 외칩니다. 하지만 사회적 정의가 과연 개인적인 신념으로 이루어질까요? 그가 하는 것은 살인이지 정의가 아닙니다."

제롬은 카메라를 똑바로 보면서 말했다.

프랑스의 대중적인 시사 프로그램. 그 프로그램은 제롬을 초대해서 지지자 측과 토론을 시켰다.

한국에는 그런 프로그램이 거의 없는 데 반해 프랑스는 토론 문화가 잘 발달되어 있기 때문에 양쪽 다 신념이 있다면 이런 토론은 자주 벌어지는 편이었다.

"하지만 현실적으로 경찰이 현재 하는 게 뭐가 있지요? 지금까지 경찰은 인력 부족을 핑계로 여전히 제대로 된 해결책을 제시하지 않고 있잖아요?"

상대방은 처음부터 거세게 몰아붙였다.

그는 미스터 저스티스를 옹호하는 세력의 수장이었고, 이번 기회에 세력을 늘리는 게 목적이었으니까.

하지만 그의 논리는 다 예측되어 있었다. 당연히 반박 준비 역시 완벽했다.

"논점을 흐리지 맙시다. 저는 경찰이 잘한다고 한 적이 없습니다. 현재 프랑스 경찰은 무능하죠. 예산과 인력 부족이라는 문제점을 자꾸 언급합니다만, 그건 그쪽 사정이고요."

제롬은 노형진에게 배운 대로 상대방의 논리를 격파했다.

−어떻게 해서든 그를 띄우기 위해서는 경찰의 무능을 이야기할 겁니다. 거기에 말려서 경찰을 지키려고 하지 마세요. 경찰은 양쪽에게 다 적입니다.

노형진의 말대로 그들은 경찰의 무능을 주장했다.

하지만 경찰을 비호할 거라고 생각한 제롬이 반격을 가하자, 지지자 측은 당황해서 눈을 데굴데굴 굴렸다.

일반적으로 이런 경우의 방어법은 경찰이 아무리 무능해도 사회의 법과 정의를 따르라는 식이기 때문이다.

그런데 제롬은 '그래서 어쩌라고.'라는 식의 황당한 방어를 했으니까.

"중요한 건 경찰의 무능이 아니라 그 미스터 저스티스라는 존재입니다. 그는 스스로 아동을 살인했습니다. 그리고 그 부모도 살해했지요. 신고를 미루기 위해 말입니다. 그런 그가 스스로 언론에 말하길, 대를 위한 소의 희생이라고 주장합니다."

"그럴 수도 있지요."

"그러면 토론자께서는 그 희생의 대상이 된다고 해도 기꺼이 동의해 주실 수 있습니까?"

"저라면 그럴 겁니다."

고개를 끄덕거리는 토론자.

그 모습을 보고 제롬은 혀를 내둘렀다.

'하긴 남의 일이니까 그렇게 떠들 수 있는 거겠지?'

말로는 저렇게 이야기하지만 저런 인간은 절대로 자신이 희생자가 되는 걸 원하지 않는다.

"그러면 왜 여기서 토론을 하고 있지요?"

"네?"

"토론자께서는 대를 위해 소가 희생되어야 한다고 생각하시고 그 희생이 정당하며 그를 위해 스스로 희생하실 생각도 있다고 하셨습니다. 그렇다면 여기에서 토론을 하실 게 아니라 나서서 미스터 저스티스와 함께 범죄자를 처단하셔야 하는 거 아닌가요?"

"그건 궤변입니다!"

"궤변이 아니라 현실적인 해결책이죠. 토론자께서는 분명 대를 위한 소의 희생은 불가피하다고 했습니다. 그리고 어떻게 보면 미스터 저스티스를 지지한다고 하셨지요. 그러니까 제가 볼 때, 토론자께서는 미스터 저스티스라는 존재가 대를 위해 자신을 희생하고 있다고 생각하고 계십니다. 그리고 본인 스스로도 말씀하셨잖습니까, 그에 동의하며, 스스로 그 희생자가 될 용의도 있다고."

"그거야……."

"아니면 본인이 희생되어서는 안 되는 다른 이유가 있나요?"

제롬의 말이 계속될수록 상대방의 얼굴에는 당황한 기색이 역력해졌다.

"물론 미스터 저스티스는 범죄자들을 처단해 왔습니다. 저희 아버지 역시 좋은 사람은 아니어서 처단되었고요. 하지만 그 과정에서 그가 스스로를 정의라고 생각하고 있다는 것이 문제입니다. 그런 사람은 나중에 자신의 이익에 반하는 누군가를 죽일 때도 자신이 정의를 지키는 거라고 생각할 겁니다. 하지만 그건 정의가 아니라 자신의 이익을 지키려고 하는 것뿐입니다. 지금까지의 다른 범죄자들과 하등 다를 게 없지요."

"하지만 그가 살인을 함으로써 단시간 내에 범죄율이 급격히 떨어진 건 사실이지 않습니까?"

"그건 인정합니다. 하지만 그게 얼마나 갈 것 같습니까? 1년? 10년? 저스티스가 살인하는 대상은 범죄를 저지르고 감옥에 갔다 온 사람들뿐입니다. 그들의 평균 복역 기간은 7년입니다. 그들이 충분한 죗값을 치렀다고는 말하지 않겠습니다. 하지만 정말 범죄자들이 그가 무서워서 계속 범죄를 저지르지 않을 거라 생각하십니까? 거기에다 그가 죽인 사람들은 죄다 경찰에게 단죄를 받은 사람들입니다. 그런데 아직 걸리지 않은 범죄자들이, 그가 두려워서 계속 범죄를 저지르지 않을 거라고 생각하시나요?"

전쟁터에서 도둑질하는 놈은 없다. 그랬다가는 목이 날아갈 테니까.

지금도 마찬가지다. 잠깐은 사회적으로 이슈가 되고 자극이 되니까 잠잠한 거지만, 거기에 익숙해지면 범죄자들은 다시 활개를 칠 것이다.

"더군다나 그 하락했다는 범죄율도 결국 극히 일부 아닌가요? 몽마르트르 언덕 주변에 도둑이 얼마나 많은지 모르십니까? 그놈들은 아직도 거기서 소매치기하고 강도질하며 살고 있습니다. 표면적으로 드러난 몇몇 지표에 흥분해서는 안 됩니다. 범죄율을 낮추고 싶으세요? 정치인들을 압박해서 경찰 숫자를 늘리고 난민의 유입을 차단하세요. 그 미스터 저스티스가 사람 몇 명 죽여서 범죄자들이 겁먹고 잠깐 움츠러드는 것에 좋아서 방방 뜨지 말고요."

"난민 유입을 막으라고요? 그건 인간적으로……."

난민 이야기가 나오자 상대방은 당황했다.

정치인들에게 그 문제는 예민한 사안이니까.

"인간적으로 뭐요? 프랑스 범죄율 상승의 첫 번째 이유가 그들 때문이라는 거 모르는 사람이 있습니까? 그들 때문에 직장을 잃어버린 저소득층이 범죄로 내몰리는 건 생각 안 하세요?"

"하지만 그들은 목숨을 걸고……."

"그러면 프랑스군을 투입하세요. 그것도 아니면 매년 지출하고 있는 그 어마어마한 난민 지원 비용으로 무기를 사서 그들에게 주고 국경 지대에서 스스로를 지키게 하세요. 지금 난민들에게 주는 돈의 10분의 1로 무기만 지원해 줘도 그들은 최신 무기로 무장할 수 있습니다."

난민이라는 게 뭔가? 결국 전쟁을 피해서 살기 위해 오는 사람들이다.

"그들은 스스로 살기 위해 옵니다. 우리가 그들을 사지로 내몰면 안 됩니다. 그건 비인도적 행위입니다!"

당장 그들이 사는 나라는 대부분 가난하다.

난민으로 온 사람들 중 남자들을 골라서 일정 기간 군사훈련을 시키고 방탄복과 대전차무기로 무장시켜 자국 영역에 방어 라인을 만들게 하고 그들로 하여금 난민을 커버하게 한다면, 확실히 지금 들어가는 예산의 10%만으로도 난민 문제는 해결할 수 있다.

그런 나라들은 대전차무기까지 가진 난민 캠프를 공격하는 데 큰 부담을 가지기 때문이다.

거기에다 유엔군이 주둔하면 더더욱 부담스러울 테고 말이다.

"인도적이라는 이유로 난민을 받아들인 결과가 결국 자국민의 어마어마한 실업률과 치솟는 범죄율과 여성에 대한 집단 강간입니까? 심지어 버스가 정차하면 집단으로 달려들어서 버스 짐칸의 화물을 털어 가는 판국인데, 왜 그 인도적 판단을 자국민이나 관광객에게는 지키지 않고 난민에게만 적용시키려고 하십니까?"

"하지만 그건 정치적으로…….."

"정치적인 문제로 왜 자국민에게 피해를 줍니까? 정치가 뭔데요? 자국민 잘 살게 하는 게 정치 아닙니까?"

제롬의 공격에 상대방은 아무런 말도 하지 못했다.

"범죄율이 치솟으면 그 근본적인 문제를 해결해야지, 근본은 그냥 두고 보복 삼아서 몇 명 죽인다고 모든 게 해결됩니까?"

제롬의 공격에 상대방은 제대로 반격을 하지 못했다.

⚖️

그리고 얼마 지나지 않아서 프랑스 경찰의 발표는 제롬에게 날개를 달아 주었다.

"결국 아무런 관련도 없던 사람이군요."

타루하시, 그러니까 이슬람식 집단 강간을 했다고 자백했다는 이유로 미스터 저스티스가 죽인 사람이 정작 사건 당시에 현장은커녕 사건이 벌어진 파리에 있지도 않았다는 사실이 조사 결과 드러난 것이다.

그는 일가족이 함께 난민으로 넘어온 케이스였고, 아들 하나와 딸 하나 그리고 아내가 있었으며 원래 자국에서는 대학 교수였지만 프랑스에서는 세차장에서 일하며 가족을 먹여 살리던 사람이었다.

"결국 우려하던 일이 터진 거군요."

제롬은 우울하게 말했다.

노형진이 누차 말한 부분, 범인이 스스로 정의라고 생각하고 신이라 생각하는 순간 그때부터는 그의 행동에 브레이크가 걸리지 않게 될 거라는 말.

그게 일어나고 만 것이다.

"이제 시작입니다. 진범이야 자신이 관심을 받고 있는 현실에 만족하고 있을 테지만요."

하지만 제롬이 나섰고 실제로 제롬의 말이 맞았다. 그런 경우 그쪽으로 향했던 관심이 이쪽으로 쏠릴 수밖에 없다.

"처음에는 극단적인 행동을 하며 관심을 다시 끌려고 할 겁니다."

"새로운 희생자를 만든단 말인가요?"

"네."

다만 노형진도 진범이 범죄자 관련 정보를 어디서 얻는지는 알 수가 없었다. 그러니 방어도 불가능하다.

"하지만 조만간 결국 움직이기는 할 겁니다."

바로 그때가 드디어 그의 약점이 보이는 시기였다.

⚖️

아니나 다를까, 얼마 후 또 다른 범죄자가 죽었다.

그리고 범인은 그걸 인터넷에 올렸다.

전이라면 사람들이 관심을 보였을 테지만, 상황이 바뀌었다.

"약속대로 현상금 10만 유로를 올리겠습니다."

제롬이 언론사와 뉴스에 출연하여 현상금을 올리고 공격적으로 관심을 끌어당기기 시작하자, 사람들은 미스터 저스티스라는 존재보다는 제롬이라는 존재에 대해 관심을 보이기 시작했다.

그런데 제롬은 단순히 현상금만으로 관심을 끈 것이 아니었다.

"우리 아버지는 죽을 만한 사람이었습니다. 제가 그 자산을 물려받았고 어찌 되었건 핏줄을 이어받았기에 현상금을 걸기는 했습니다만, 저는 더 좋은 사람들을 위해 이 돈을 쓰고자 합니다."

사람의 관심에는 한계가 있다.

당연히 제롬은 미스터 저스티스에게 가는 관심을 끌기 위해 다른 행동도 같이 했다.

현상금으로 인한 관심은 제롬과 저스티스가 함께 나누지만, 제롬의 다른 행동으로 인한 관심은 제롬이 독식하니까.

"저는 난민들이 돌아가서 스스로를 지킬 수 있도록 하기 위한 무기 구입을 지원하고자 합니다. 단체의 이름은 실드. 그들은 무장을 하고 본국 내의 일정 구역을 자치구로서 보호하는 역할을 하게 될 것입니다. 난민들 중 지원자들을 받을 것이며, 그들과 협의하여 본국 내 구역을 설정할 것입니다."

프랑스는 옛날부터 외인부대의 전통이 있는 나라다.

그러니 난민을 동원해서 그렇게 한다는 것에 대한 거부감이 덜했다.

민간인에게 무기를 줘서 방어를 시키는 것에 대한 반대가 없는 것은 아니었지만 말이다.

"하지만 어차피 이루어지지 않을 일입니다."

노형진은 어깨를 으쓱하며 말했다.

"난민이라는 게 결국은 전쟁을 피해서 살기 위해 오는 사람들이지요. 그들 중 일부가 무장을 하고 돌아갈 수는 있겠지만, 충분한 병력이 모이지는 않을 겁니다."

그건 절대 불가능하다. 그럴 사람들이면 애초에 도망쳐서 오지도 않았을 것이다.

"하지만 일부는 그래도 참가할 텐데요?"

제롬은 걱정스럽게 말했다.

"일부는 당연히 참가하겠지요. 하지만 말 그대로 일부입니다. 충분한 숫자가 모이지 않으면 훈련도 못 하고 무기 지급도 못 하지요."

"아하!"

즉, 무기를 구입해 준다고 변죽은 잔뜩 울릴 수 있겠지만 정작 실체적인 무기 구입으로 연결되거나 군사작전으로 나갈 가능성은 줄어들 수밖에 없는 것이다.

"더군다나 유럽은 하나의 유럽이라는 기치 아래에 묶여 있습니다. 지금쯤이면 많은 난민들이 전 유럽으로 퍼진 상태일 겁니다."

딱히 국경에서 난민의 이동을 막지 않으니까.

"프랑스는 유럽의 여러 나라 중에서 의외로 난민의 생활이 힘든 나라 중 하나죠."

그러니 유럽 전체가 아니라 프랑스 내에서만 뽑는다는 제한에 누가 올 리도 없다.

"설사 온다고 해도 현재 법에 걸리죠."

난민 지위를 간신히 얻었는데 무장하고 자국으로 돌아가면 당연히 난민 지위를 박탈당한다.

"아무리 난민이라고 하지만 프랑스의 생활환경이 본국보다 훨씬 나은 건 뻔한 사실이고요."

"결국 말만 그럴듯하지 이루어질 수 없는 계획이라는 소리군요."

노형진은 고개를 끄덕거렸다.

"하지만 사람들의 관심은 이쪽으로 쏠릴 수밖에 없는 계획이지요."

결국 그런 식으로 미스터 저스티스에게 쏠리던 관심을 점차 끊으면 된다.

"그 덕에 제롬 씨도 유명세를 얻었지요."

노형진은 씩 웃으며 말했다.

"이제 경찰의 태도가 좀 달라질 겁니다."

노형진은 자신 있게 말했다.

⚖️

실제로 경찰서에 가자 과거에 민간인에게는 수사 자료를 주지 못한다는 말로 딱 선을 그었던 경찰이 이제는 적극적으로 자료를 제공해 주었다.

일단 방송에 나가서 떠들고 사람들의 관심을 받는 사람이니까.

'이래서 사람들이 관심 종자가 되는 건가?'

제롬은 잠깐 딴생각을 하다가 머리를 흔들었다.

이런 식으로 관심을 받으니 왠지 자신이 성공한 사람이라는 느낌이 강해졌다.

사실 그가 성공한 건 하나도 없다. 그저 노형진의 말에 따라 전면에 나섰을 뿐이다.

'조심하자, 조심.'

그는 마음을 진정시키며 담당자에게 말을 이어 갔다.

"그러니까 이번 범인은 관심 종자입니다."

"네, 이야기는 들었습니다. 사실 저희 쪽도 그렇게 생각하고는 있습니다."

머리를 긁적이는 프랑스 경찰관.

"하지만 프로파일링하고 너무 괴리가 심해서……."

"제가 그 기록을 좀 볼 수 있을까요?"

노형진의 말에 경찰은 잠깐 머뭇거렸지만 어쩔 수 없다는 듯 서류를 내밀었다.

그렇지 않아도 요즘 하도 욕을 먹어서 위에서도 부담을 느끼던 참이었다.

더군다나 눈앞에 있는 사람은 신나게 경찰을 깐 사람이다.

안 보여 줬다고 하면 사건을 은폐한다고 떠들지도 모른다.

"흠……."

노형진은 사건을 보면서 입맛을 다셨다.

입안이 씁쓸해지는 게, 대충 알 것 같았다.

"이 사람, 책에 있는 걸 그대로 베껴서 범죄를 실행했네요."

"네?"

"이쪽 프로파일러들은 몰랐을 테지만요."

노형진은 서류를 몇 개 보는 것만으로 그들의 프로파일이 꼬인 이유를 알아차렸다.

"여기에 있는 증거와 반응은 모두 미국의 사건들을 표절한 겁니다."

"미국의 사건을 표절해요?"

"네, 이 사건 같은 경우는……."

현장에서 발견된 시신의 사진을 보면서 노형진은 한숨을 쉬었다.

"애리조나주에서 일어났던 사건입니다."

똑같이 범죄자를 죽인 사건이다.

그리고 죽인 사람은 그 범죄의 피해자였다.

"이건 켄터키주에서 일어났던 사건이지요."

범죄자는 아니고, 그저 사이가 좋지 않은 사람을 죽인 사건이다.

"그리고 이건 뉴저지주에서 일어났던 사건이고요."

정신이상을 가지고 있는 사람이 살인한 사건이었다.

"그걸 다 어떻게 아십니까?"

"미국 사건에 관심이 많아서 좀 공부를 했습니다."

정확하게 말하면 회귀 전에 노형진이 공부했던 사건들이다.

'이러니 프로파일이 개판이 될 수밖에 없지.'

그럴듯한 사건들의 현장 사진과 더불어 자세한 상황까지 거의 베끼다시피 해 놨다.

그런데 프로파일러들은 그 사건들을 모르니 사건이 일어날 때마다 프로파일이 달라질 수밖에 없고, 당연히 경찰은 해당 프로파일을 가지고 조사할 수도 없었을 것이다.

"어쩐지……."

경찰은 당황한 얼굴이 되었다.

설마 다른 사건을 베끼는 놈이 있을 거라고는 생각도 못 했으니까.

"아무래도 유럽에서는 미국 사건들을 잘 모르니까요."

프로파일은 지역마다 달라지는 경향이 있다.

한국 살인범과 미국 살인범이 다르고 프랑스 살인범이 다르다.

한국과 유럽은 총기 규제가 심한 반면 미국은 총기가 넘쳐나니 방식도 달라진다.

법도 생활환경도 다르니, 똑같이 베껴서 한다고 해도 그 해석은 달라질 수밖에 없는 것이다.

'더군다나 이건 모두 최근 사건이야.'

오래되고 유명한 사건들이었다면 아마 프랑스의 프로파일러들도 이 사건에 대해서 알았을 것이다.

하지만 이건 그런 사건들이 아니었다.

모두 최근에 벌어진 사건이고, 또 그다지 유명하지도 않았다.

자국의 사건만으로도 바쁜데 타국의 사건을 조사할 리가 없으니 당연히 모를 수밖에.

'다른 사람들을 흔드는 데에는 성공했지만……'

노형진은 그 사진을 보면서 속으로 웃었다.

'난 아니지.'

만일 몰랐다면 노형진 또한 속았을 것이다.

하지만 노형진은 이 사건들을 아주 잘 안다.

그리고 그게 의미하는 건 단 하나다.

"아마도 범인은 미국에서 전문적으로 공부한 사람일 겁니다."

"미국 내에서 벌어진 사건이라는 이유 하나만으로요? 프랑스에서도 그 사건에 대해 알 수는 있지 않습니까?"

경찰의 말에 노형진은 고개를 흔들었다.

"그건 아닐 겁니다. 이 모두가 아주 최근의 사건들입니다."

"아주 최근 사건이라고요?"

"네. 이 정도 사건을 안다는 건 최근까지 미국에서 관련 공부를 했다는 의미일 수밖에 없습니다. 사실 딱히 유명한 사건들은 아니기 때문에 널리 알려지지도 않았으니 더더욱 그렇지요."

"그런데 범인이 그걸 어떻게 안 겁니까?"

"미국에서는 너무 유명한 사건은 프로파일 시험문제로 쓰지 않습니다. 그럴 수가 없죠. 유명한 사건은 이미 답이 알려져 있으니까요. 상대적으로 덜 유명한 이런 사건들을 쓸 수밖에 없어요. 반면 프랑스 프로파일러들은 당연히 이런 사건을 잘 모를 수밖에 없고요."

경찰의 눈이 커졌다.

"그래서 범인이 미국에서 공부를 하고 온 사람이라고 하신 거군요?"

"네. 미국에서 전문 시험을 치를 정도로 공부를 하고 오지 않았다면 이 사건에 대해 알 수가 없으니까요."

시중에 나온 책을 통해 공부할 수도 있지만, 아직은 이 사건에 대한 자료가 실린 책이 없다.

그런 책은 보통 3년쯤 뒤에나 나오기 때문이다.

노형진이야 회귀 전에 그 책을 보고 공부했지만, 지금은 그 방법이 불가능하다.

"게다가 전문가들이 해석을 잘못할 정도로 복제했다는 건 그 정도의 지식을 가지고 있다는 뜻. 즉, 범죄심리학을 전공하고 상당히 깊이 연구한 사람이라는 겁니다. 미국에서 최근에 일어난 사건에 대해 정확히 알고 있다는 점에서 그건 확신으로 바뀌지요."

"으음……."

범죄심리학자라는 말에 경찰의 얼굴이 어두워졌다.

"그러면 우리가 놀아난 것도 이해가 가네요."

범죄심리학자가 경찰의 심리를 모를 리가 없다. 그러니 당연히 경찰이 놀아날 수밖에.

"어둠을 보다가 어둠에 먹힌 거군요."

"그게 무슨 말이죠?"

"프로파일러들이 조심해야 하는 부분을 뜻하는 말이지요."

범죄자의 내면을 보면서 분석하다 보면 프로파일러들 역시 그러한 범죄자들의 사고에 오염된다.

그들을 미워하고 그들을 증오하며 그들을 죽여 버리고 싶어진다.

그럴 수밖에 없다. 단순히 행위를 보는 게 아니라 범죄자의 가장 어두운 본질을 들여다보니까.

"거기에다 범인은 연극성 성격장애까지 가지고 있습니다.

그들을 처단함으로써 자신이 영웅이 되는 그런 그림을 그렸
겠지요."

"그러면 그 사람을 어떻게 잡을지가 관건이네요."

제롬은 단순히 정보만 보고 분석해 내는 노형진을 보고 깜
짝 놀라며 말했다.

"사실상 잡은 것 같습니다만."

"네?"

"아까도 말씀드렸다시피 이 범인은 자신이 관심을 받고 싶
어 하고 영웅이 되고 싶어 합니다."

"영웅이 되고 싶어 하는데 살인을 해요?"

"달리 영웅이 될 방법이 없으니까요. 의외로 그런 사람들
이 많습니다. 연극성 성격장애자들이 보통 그렇지요."

실제로 미국에서, 화재 현장에서 사람들을 구한 비번 소방
대원이 영웅이 된 적이 있었다.

그러나 조사 결과 그는 자신이 영웅이 되고 싶어서 불을
질렀던 것으로 드러났다.

소방관으로서 화재의 방식이나 불이 퍼지는 방식을 알고
있었고, 그래서 방화를 저지를 때 안전하게 대피할 수 있는
라인을 남겨 둔 것이다.

그 덕에 불 속에 고립된 수십 명을 구하면서 영웅이 되었
지만, 조사 결과는 그가 바로 방화범이라는 것이었다.

"이런 타입이라면……."

노형진은 서류를 배제했다.

어차피 다 조작된 사건이다. 잡다한 정보는 혼선만 일으킬 것이다.

그러고 나자 범인이라는 본질만 남았다.

"아마도 프로파일러 팀에 지원했을 겁니다."

"프로파일러 팀에요?"

"네. 자신이 영웅이 되고 싶어 하니까요. 그러니까 미국까지 가서 전문적으로 공부를 했을 테고요."

하지만 프로파일러 공부를 했다고 해서 자신의 모든 것을 통제하지는 못했을 것이다.

당연히 이상함을 느낀 현직 프로파일러들은 범인을 채용하지 않았을 테고 말이다.

"프로파일러들이라면 연극성 성격장애를 가지고 있는 것을 알 테니까요."

결과적으로 범인은 자신의 정신적 만족을 위해 살인범으로 돌변한 것이다.

"일단 그 당시 기록을 보기는 해야겠네요."

프로파일러를 많이 뽑지는 않으니 그 당시 기록을 보면 특정할 수는 있을 것이다.

중요한 것은 특정할 수 있다는 것과 범인을 체포하는 것은 전혀 다른 문제라는 거다.

"단순히 미국에서 공부했다고 해서 체포할 수는 없을 테니 당분간은 감시만 해야 할지도 모르겠습니다."

경찰의 말에 노형진은 다른 방법을 제시했다.

"더 좋은 방법이 있지요."

"더 좋은 방법요?"

"네. 아실 테지만 범인은 연극성 성격장애를 가지고 있습니다. 계속해서 사람들의 관심을 갈구하지요."

"그래서요?"

"그러니 인터넷에서 해당 글을 삭제하면 됩니다."

"그자가 올리는 글은 이미 삭제 대상입니다."

노형진은 고개를 흔들었다.

"그게 아니라, 그와 관련된 모든 글을 삭제하라는 겁니다."

"네? 모든 글을요?"

"네. 사람들이 자신에게 무관심하다고 생각하도록 말입니다."

지금은 21세기다.

과거에 범죄자들에 대한 관심의 척도는 언론이었다.

뭔 사건을 저지른다고 해도 신문이나 TV 외의 다른 방식으로는 널리 알려질 수가 없었으니까.

"하지만 지금은 인터넷에서 더 많은 사람들이 관심을 표하죠. 그걸 보면서 연극성 성격장애자들은 만족감을 느낍니다."

그러니 인터넷에서 그와 관련된 모든 글이 삭제된다면 범인은 심각한 감정적 갈증을 느낄 것이다.

"아, 그자를 칭찬하는 글을 지우면 되는 겁니까?"

"아니요. 그자를 욕하는 글도 마찬가지입니다. 그리고 그 자리에 제롬 씨의 글을 밀어 올리는 거죠."

그러면 범인은 자신의 자리를 제롬에게 빼앗겼다고 생각할 것이다.

"그리고 제롬을 없애지 않는 이상 관심을 받기 힘들다는 걸 알게 될 겁니다."

그리고 제롬에게 접근할 게 뻔했다.

"위험한 일입니다."

민간인이 미끼가 되겠다고 하자 경찰은 당장 만류를 했다.

하지만 제롬은 이미 마음을 강하게 먹은 후였다.

"경찰에서 협조를 해 주지 않으신다고 해도 저희는 진행할 겁니다. 도리어 경찰에서 진행을 해 줘야 저는 더 안전해질 겁니다."

"그건……."

"아무리 아버지가 저와 연을 끊었다고 해도 핏줄이 어디 가는 것은 아니죠. 이건 저의 아버지를 위한 복수이기도 합니다."

다른 사람이 피해를 입지 않는 것과 복수는 전혀 다른 문제다.

복수를 위해 다른 사람이 피해를 입는 건 원하지 않지만, 다른 사람이 피해를 입지 않는다면 복수를 꺼릴 필요가 없다.

"프로파일 시험 기록을 찾아보는 것도 좋지만 당분간은 제롬 씨를 보호하세요. 그러면 대상이 나타날 겁니다."

"하지만 여자라면서요? 여자가 쉽게 접근할까요?"

"접근하게 될 겁니다."

노형진은 싱긋 웃었다.

"그자의 머릿속에서 이미 제롬 씨는 악의 거두거든요, 후후후."

제롬은 노형진과 계획을 짜고 난 다음부터 계속 클럽을 들락날락했다.

클럽이 나쁜 곳은 아니지만 한 가지는 확실했다.

이성이 접근하기 쉬운 공간이라는 거다.

"아직 확인 못 했습니까?"

"아직 찾고 있습니다."

노형진은 경찰의 말에 눈을 찡그렸다.

"왜요?"

"외부인의 말만 듣고 조사할 수는 없다고 하더군요."

"또요?"

"또라니요?"

"아니, 그런 게 있습니다."

노형진은 혀를 끌끌 찼다.

'이 망할 자존심은 어느 나라나 마찬가지인 모양이네.'

물론 노형진이 외부인인 것은 맞다.

하지만 그래도 나름 능력이 있는 사람이다.

그러나 경찰 수뇌부에서는 그냥 외부인이 감 놔라 배 놔라 하는 게 마음에 안 드는 모양이었다.

'멍청한 놈들은 떠먹여 줘도 못 먹는다니까.'

더 웃긴 건 한국에 프로파일이 처음 도입되었을 때에도 경찰이 그랬다는 거다.

프로파일은 결국 과학이다.

하지만 그 당시 경찰은 무슨 무당 취급하고 현장 운운하면서 자신들의 감을 더 믿었다.

'그런데 그런 일을 당한 프로파일러들이 인정을 하지 않는다니.'

하긴 당연하다. 그 조언을 받아들여서 진짜로 체포하면 자신들의 무능을 입증하는 꼴이 되니까.

노형진도 그걸 모르지 않기에 군이 제롬을 이용하는 것이다.

만일 거기서 막아 버리면 답이 없었으니까.

"결국은 제롬이 잘해 줘야겠네요."

"그게 문제네요."

노형진은 쓴웃음을 지으며 클럽에 설치된 보안 카메라를 바라보았다.

"이건 전혀 예상하지 못했는데요?"

제롬이 너무 유명해진 게 탈이었다.

너무 유명해진 데다 그가 아버지의 재산을 물려받은 거부라는 사실까지 알려지면서, 그에게 접근하는 여자들이 너무 많았던 것.

"이거 골라낼 방법이 없네요."

무조건 거절을 하자니 범인을 놓칠 수도 있고, 그렇다고 무조건 데리고 나가자니 만일 호기심에 접근한 여자라면 하루를 공치는 거다.

나갔다가 다시 들어오면 의심할 테니 그럴 수도 없고.

그때 무전기를 통해 제롬의 목소리가 들려왔다.

—이거 어쩌죠? 사람이 너무 많아서 도무지 알아낼 방법이 없는데요.

제롬도 당황해서 어쩔 줄 몰라 하는 그때, 노형진의 머릿속에 번개같이 좋은 생각이 떠올랐다.

"제롬 씨, 유학을 영국에서 했다고 했지요?"

—네.

"그러면 지금부터 영어로 말을 걸어 보세요."

—영어요?

"네. 상대방은 미국에서 프로파일을 전공한 사람으로 의심됩니다. 전공 서적은 대부분 영어로 되어 있지요. 당연히 영어로 능숙하게 대화가 가능할 겁니다."

—아하!

프랑스에서 아무리 영어 교육을 한다고 해도 모든 사람이 다 영어를 능숙하게 하는 것은 아니다.

영어 울렁증이라는 것은 한국인만의 특성은 아니니까.

제롬은 영국에서 공부했으니 당연히 영어에 익숙할 테지만 말이다.

―좋은 생각이네요. 알겠습니다.

제롬은 바로 영어로 대화를 시작했다.

몇몇 사람들이 호기심에 접근해서 이야기를 나누려고 했지만 영어로만 이야기하는 제롬에게 거부감을 느꼈는지 뒤도 안 돌아보고 멀어졌다.

"확실히 효과가 있네요."

경찰도 빠른 임기응변에 놀란 눈치일 때, 차량 안으로 웃음이 울려 퍼졌다.

그걸 들은 노형진은 소름이 돋았다.

웃긴 이야기를 자기가 하고 자기가 웃기.

그게 제롬과 약속한 신호였기 때문이다.

즉, 지금이 뭔가 의심스러운 상황이라는 말이다.

화면을 보니 금발의 여자가 딱 붙는 이브닝드레스를 입고 함께 웃고 있었다.

"작심하고 꾸미고 온 느낌이네요."

"그렇겠지요."

노형진은 그렇게 말하면서 여자를 자세히 살펴보았다.

자연스럽게 웃는 여자.

즉, 지금 영어로 이야기하는 제롬의 말을 알아듣고 있다는 소리였다.

"엄청 자연스럽군요."

계속 영상을 보자 제롬과 이야기하는 모습이 나왔는데 그녀의 영어는 아주 능숙했다.

"어디서 영어를 배웠는지 한번 물어봐요."

노형진이 마이크에 대고 말하자 제롬은 지나가는 듯한 말투로 어디서 영어를 배웠냐고 물었다.

그러자 여자는 미국에서 공부했다고 대답했다.

'확실히 의심스러워.'

노형진은 그녀를 보다가 제롬에게 조심스럽게 말했다.

"같이 집으로 가자고 해 보세요."

아무리 프랑스 여자들이 개방적이라고 하지만 만난 지 채 한 시간도 지나지 않았는데 집에까지 따라가는 사람은 많지 않다.

그만큼 범죄율도 높기 때문에 만나기 전에 그 사람이 어떤 사람인지 알려고 하는 성향이 강하다.

그런데 의외로 여자는 쉽게 수긍을 하고 집으로 가자고 했다.

"제대로 걸린 것 같군요."

노형진은 빙긋 웃으며 말했다.

그사이 제롬은 여자를 데리고 클럽을 나와서 자신의 집으로 향했다.

제롬의 집은 원래 아버지가 살던 대저택이었는데 주변이 한적하고 조용했다.

'당연히 살인을 하기에도 최적이지.'

조용히 집으로 들어가는 제롬.

그리고 그런 제롬을 따라서 들어가는 여자.

그녀는 모르겠지만 이미 집 안에는 카메라가 다 설치되어 있었다.

"제롬, 샤워를 한다고 하면서 자리를 비워 봐요."

노형진의 말대로 제롬은 샤워를 한다면서 바로 자리를 비웠다.

남자가 집까지 와서 샤워를 한다는 말이 무슨 의미인지 잘 알 텐데도 여자는 그러라고 고개를 끄덕거렸다.

그리고 다음 순간 프랑스 경찰은 만세를 외쳤다.

제롬이 자리를 비운 사이 여자가 자신의 가방에서 뭔가를 꺼내어 제롬이 마시던 샴페인에 타고는 모른 척하면서 자리에 앉은 것이다.

"지금입니다. 바로 들어가요!"

노형진의 말이 끝나기도 전에 이미 경찰은 문을 박차면서 들어가고 있었고, 막 샤워실에서 나오던 제롬은 경찰들에게 이끌려서 안전한 다른 방으로 옮겨졌다.

여자는 당황한 듯 허둥대면서 무슨 일이냐고 묻는 듯했으나, 박차고 들어간 경찰이 숨겨진 카메라를 가리키자 그쪽을 돌아보고는 얼굴을 사정없이 찡그렸다.

"빙고."

노형진은 손이 뒤로 꺾인 채로 끌려가는 여자를 바라보면서 미소 지었다.

⚖

─자기 죄를 인정했습니다. 하지만 정신이상을 주장하고 있고요.

얼마 후 제롬에게서 연락이 왔다.

"정신이상이라고요? 허, 어이가 없네요."

─아마도 받아들여지지는 않을 것 같습니다. 그 여자가 죽인 사람이 열 명이 넘으니까요. 그리고 노 변호사 말이 맞더군요. 4년 전에 프랑스 경찰국에 지원한 기록이 있었습니다.

하지만 그녀의 정신이상 사실을 알아차린 다른 사람들 때문에 결국 선발되지 못했다고 했다.

─그때도 너무 극단적으로 자신을 어필하려고 했다고 하더군요.

프로파일러들은 대부분 자신을 감추려고 한다.

하지만 그녀는 그 당시 면접에서 사회적 지지를 받아야 한다며, 전면에 나서서 적극적으로 수사를 지휘해야 한다고 주장했다고 한다.

"하지만 그건 영화에서나 가능한 소리죠."

현실에서는 그랬다가는 당연히 보복 살해당할 가능성이 높아진다.

하지만 그녀는 유명해지는 것이 목적이었기에 영웅으로 불리기 위해 어떻게 해서든 전면에 나서려고 했던 것이다.

"아마도 아직도 관심을 갈구하고 있을 텐데요?"

─기자회견을 시켜 달라고 변호사를 통해 계속 요구하고 있습니다. 자신은 정의를 위해 움직였다고요.

노형진은 피식 웃었다.

"그 여자에게 가장 가혹한 처벌이 뭔지 압니까?"

─사형인가요?

제롬의 순진한 말에 노형진은 저도 모르게 고개를 흔들었다.

"잊히는 겁니다. 누구도 그녀를 기억하지 못하게요."

─으음…….

"물론 당장은 시끄러울 겁니다. 하지만 시간이 지나고 잊히면, 아마 고통에 몸부림칠 겁니다."

─이해가 가네요.

아주 짧은 순간 제롬은 사람들의 관심의 한가운데에 서 있었다.

그 중독성은 마약 못지않았다.

"영원히 벗어날 수 없는 금단증상인 셈이죠."

–다시 똑같은 짓을 하려고 할까요?

"아마도, 다시 나올 수 있다면요."

그렇게 말한 노형진은 어깨를 으쓱했다.

"하지만 그녀가 과연 나올 수 있을까요?"

그녀는 범죄자들을 골라서 죽였다.

자칭 정의의 사도라고 주장하면서 말이다.

그리고 프랑스 감옥은 거칠고, 인권이라고는 없는 곳으로 소문이 나 있다.

그곳에서 범죄자들이 자칭 정의의 사도였던 그녀를 그냥 두지는 않을 것이다.

"아마도 죽어서야 끊을 수 있을 겁니다."

그리고 그 죽음이 얼마 남지 않았다는 걸, 노형진은 굳이 이야기하지 않았다.

썩은 땅에서는 무엇도 못 자란다

　두한에 있어서 새론은 말 그대로 골칫덩어리다.

　암살까지 시도할 만큼 피해를 입었지만 정작 제대로 된 보복을 하지 못하고 있기 때문이다.

　물론 새론 입장에서는 사건마다 다 그에 걸맞은 이유가 있었다.

　하지만 그 모든 이유가 현재와 관련된 것은 아니었다.

　"안 판다니까요."

　노형진을 찾아온 남자.

　그는 진땀을 흘리면서 노형진을 설득하기 위해 노력했다.

　"저희가 평균 가격의 두 배, 아니 세 배를 쳐드리겠습니다."

　"내가 거지로 보이나? 내가 고작 그 돈 때문에 땅을 팔아야겠습니까?"

"아니, 그런 말이 아니라……."

두한에서 파견된 남자는 어떻게 해서든 노형진을 설득하려고 했다.

하지만 노형진의 다음 말에 불가능하겠다는 생각이 들었다.

"지금 당장 나가세요. 정식으로 퇴거하라고 말씀드리는 겁니다. 퇴거하지 않으면 주거침입으로 인정되는 거 아시죠?"

주거침입죄는 몰래 들어가거나 강제로 들어갔을 때만 해당되는 게 아니다.

합법적으로 들어갔다고 해도 상대방이 퇴거를 요청했는데 나가지 않았을 때에도 해당된다.

'이 인간은 진심이다.'

두한의 직원은 당황했다.

지금까지 수많은 사람들을 만났지만 안 판다고 하는 사람들은 대부분 어떻게 해서든 몇 푼이라도 더 받으려고 하는 사람들이었다.

하지만 노형진은 더 받으려고 하는 게 아니라 진짜로 팔 생각이 없었다.

'이런 씨발. 이걸 어쩌라고.'

직원은 곤란해했지만 노형진은 그 직원이 얼마나 곤란하든 전혀 팔 생각이 없었다.

'내가 미쳤다고 거기를 파냐?'

이것이 법이다

노형진이 가지고 있는 땅을 팔지 않으려고 하는 이유.

그건 두한에 엿을 먹이기 위한 것도 있지만 추후 발생할 비극적 사고를 막기 위해였다.

'망할 두한 놈들 같으니라고.'

노형진이 두한의 오폐수 사건을 조사할 때 발견한 그들의 비밀은 한두 개가 아니었다.

그리고 그중 하나가 바로 이번 사건이다.

두한은 이 지역에 새롭게 골프장을 오픈한다.

말로는 서민을 위한 대중적 골프장을 만든다고 했지만 현실은 회원제로, 회원권 가격이 1억이 넘는 최고급 골프장이었다.

물론 자기 돈으로 자기 사업하겠다는데 노형진이 억하심정만 가지고 반대할 생각은 없었다.

'하지만 여기서 발생하는 일이 이만저만해야지.'

두한은 골프장을 만들고 나서 그곳을 관리하기 위해 엄청난 양의 농약과 제초제를 매일같이 뿌렸다.

골프장은 기본적으로 멋진 잔디가 깔려 있어야 하는데 그걸 위해 매일같이 손으로 잡초를 뽑을 수는 없으니까.

물론 농약과 제초제로 관리하면 편하기는 하다.

하지만 그 결과 이 지역의 지하수가 심각하게 오염되어 버렸다.

먹자마자 죽는 것은 아니다.

차라리 먹자마자 죽어 버렸으면 도리어 피해가 적었을 것이다.

하지만 그들이 오염시킨 지하수는 그 주변에 있던 소도시를 덮쳤다.

그 소도시의 암 발생률과 백혈병 발생률은 하늘을 찌를 듯 치솟았고 말이다.

당연히 그 비밀은 노형진이 밝혀낼 때까지 묻혀 있었다.

'아마도 그래서 내가 죽은 거겠지만.'

그게 외부에 드러나면 두한은 어마어마한 손해배상에 직면하게 된다.

그 관련 증거를 노형진이 이미 가지고 있는 상황이었기에 부정도 못 한다.

아무리 소도시라고 하지만 인구가 10만 단위는 되는 곳이었기 때문에 타격은 심각할 수밖에 없었을 것이다.

'똑같은 짓을 똑같이 당할 수는 없지.'

하지만 그 당시 대통령의 사돈 집안이었던 두한은 대통령을 통해 노형진을 암살하도록 꾸몄고, 그 때문에 노형진의 이전 생은 국정원에 살해당하는 것으로 끝나 버렸다.

'하지만 이번에는 그렇게 당할 수 없지.'

물론 그 당시 대통령은 현재 이미 범죄자가 되었고 거기에다 완전히 병신이 되어서 고통 속에서 살아가고 있다.

더군다나 두한과 사돈을 맺기 이전인지라 보복 걱정도 없다.

'하지만 두한이 골프장을 친환경 방법으로 제대로 관리할 리가 없지.'

그래서 노형진은 어쩔 수 없이 그 땅을 사서 그들이 골프장이 만드는 것을 방해하려고 했다.

개인적으로 원한 관계도 있지만, 그 숫자가 얼마나 될지도 모르는 어마어마한 피해자들을 미리 막기 위해서는 달리 방법이 없었다.

'권력자가 바뀌기는 하겠지만.'

미래의 대통령이 바뀌고 권력 관계가 바뀌기는 하겠지만, 그렇다고 해서 두한의 로비력이 사라진 것은 아니다.

어쩌면 다음 권력자와는 더욱 친밀하게 지낼지도 모르는 일.

그래서 노형진은 그 문제를 해결하기 위해 보다 근본적인 방법을 선택했다.

바로 애초에 골프장을 짓지 못하게 하는 것.

'일단 내보내기는 했지만, 이렇게 하는 건 결국 시간을 끄는 것밖에 안 된단 말이지.'

노형진은 두한의 직원을 강제로 집에서 쫓아낸 후에 턱을 문지르면서 고민에 빠졌다.

그럴 수밖에 없는 게, 아무리 노형진이라고 해도 한계가 있기 때문이다.

대한민국 법은 참으로 웃기게 되어 있다.

어떤 식이냐면. 민간 기업도 이득을 위해 주민의 토지를 강제로 수용할 수 있도록 되어 있다.

물론 모든 곳이 다 그럴 수는 없다.

소위 말하는 공공의 목적이라는 것을 위해서만 그렇게 할 수 있다.

"그런데 그걸 책임지는 놈이 없단 말이지."

사실 회원권이 1억이 훌쩍 넘는 최고급 골프장이 공공시설로 분류된다는 건 말도 안 된다.

하지만 두한은 그렇게 주장하면서 골프장을 지었다.

분류법상 골프장은 문화시설, 그러니까 공공시설로 분류되기 때문이다.

이게 무슨 말이냐면, 거대 기업이 남의 땅과 집을 마음대로 빼앗을 수 있다는 소리다.

문제는 그 이후다.

공공시설 설립 목적으로 강제수용했다고 해도, 나중에 그게 실패하거나 취소되었을 경우 환수하거나 돌려줘야 한다는 규정이 없다.

그래서 많은 기업들이 그걸 일종의 재테크 수단으로 삼는다.

사실 골프장이 아무리 회원권으로 1억을 받는다고 해도 그걸 가지고 순수익을 내는 것은 힘들다.

하지만 그 땅 자체를 싼 가격에 수용하고 그걸 꿀꺽함으로써 실질적으로 기업의 자산이 확 늘어나는 효과가 발생한다.

환수 규정이 없기 때문에 가능한 일이다.

실제로 한국의 토지를 관리하고 국민들에게 아파트를 지어 주기 위해 만든 어떤 공기업은 아파트를 만들겠다는 이유로 강제로 토지를 수용하고 주민들을 쫓아냈지만, 결국 아파트를 짓지 않고 그곳을 다른 거대 기업에 수십 배의 차익을 남기고 팔아 버렸다.

그게 다 처벌 규정이 없어서 벌어진 일이다.

"이번에도 마찬가지일 테고."

노형진은 안다, 먼 미래에 이곳에 신도시가 생긴다는 것을.

그리고 두한은 이미 그 정보를 얻었다고 봐야 한다.

그러니까 뜬금없이 골프장 운운하면서 문화시설을 지으려 드는 것이다.

골프장을 짓는 이유는 간단하다. 다른 문화시설보다 훨씬 돈이 싸게 드니까.

골프장은 필요한 땅은 어마어마하게 넓다.

인건비는 다른 문화시설에 비해 아주 적게 든다.

관리 역시 땅을 적당히 다듬고 잔디만 심는 정도면 된다. 공원도 아니니 나무를 심을 일도 없고 말이다.

그 대신에 그럴듯하게 대기실만 크고 화려하게 지으면 골프장 완성이다.

그러니 들어가는 돈은 터무니없이 적다.

그 후에 신도시가 만들어질 때 그걸 정부에 비싸게 팔아서 수십 배의 시세 차익을 올린다. 아니, 백 배가 넘을 수도 있다.

애초에 강제수용되는 순간 제대로 된 가격을 받는 것은 불가능하니까.

이런 말도 안 되는 규정은 정권과 기업들이 결탁해서 만들어진 악법인데, 땅의 50% 이상을 얻은 상태에서 주민의 75%의 동의를 얻었다면 나머지 25%의 동의 없이 나머지 50%의 땅을 강제로 빼앗을 수 있도록 되어 있었다.

'회귀 전에도 그랬지.'

일부 사람들이 여기에 골프장을 짓는 것을 반대했지만 두한은 그들을 질질 끌어내고 그 앞에서 그들의 집을 강제로 부수어 버렸다.

그들에게 남은 건 소위 보상금이라고 준 터무니없이 적은 돈뿐이었다.

"현재까지 주민의 60%가 동의했고 땅은 40%를 받았단 말이지."

조금만 더 설득하면 두한은 당연히 강제로 땅을 빼앗아서 거기에 골프장을 세우기 시작할 것이다.

"그에 반해 남아 있는 사람들 중 확실하게 반대를 하는 사람들은 20% 정도."

일단 사람 숫자가 너무 부족하다.

확실하게 막기 위해서는 25% 이상의 동의를 얻어야 하는데, 사실 시간이 지날수록 저쪽이 더 유리하지 이쪽이 유리해지지는 않는다.

물론 땅을 50% 이상 쥐는 방법도 있지만, 상식적으로 아무리 노형진이라고 해도 땅을 50% 이상 쥐는 것은 불가능하다.

"흠……."

노형진은 고민을 하면서 눈을 찌푸렸다.

쉽지 않다.

지금이야 저쪽이 아직 충분히 땅을 가지고 있지 못하니 약한 모습을 보이고 있다고 하지만, 만일 충분한 땅을 쥐게 되면 저들은 더 볼 것도 없이 강제수용을 하고 주민들을 강제로 끌어낼 것이다.

"강제수용을 막을 수 있는 방법이 당장은 없는데."

어찌 보면 결국 닥쳐올 수밖에 없는 파국을 막기 위해 노형진이 발악하는 것일 수도 있다.

아무리 돈이 좋다고 하지만 사람 목숨이 더 중요하기 때문이다.

"다른 사람들을 한번 만나 봐야겠군."

노형진은 머리를 긁적거리면서 말했다.

이 문제는 자신만의 문제가 아닌 만큼 어떻게 해서든 해결해야 했다.

"오셨습니까?"

"오셨어요?"

소위 읍내라고 할 수 있는 곳.

그 작은 마을에 자리 잡은 골프장설립반대사무소.

그곳에 들어온 노형진은 살짝 눈을 찌푸렸다.

"오늘 회의 아니었나요? 숫자가 좀 줄어든 것 같네요."

"그게……."

머리를 긁적거리는 회장 최술만.

그는 원래 영농 후계자인지 뭔지 그랬다. 지금이야 온 동네에서 미움받고 있는 처지이지만 말이다.

그럴 수밖에 없다. 노형진과 더불어서 골프장 착공에 결사반대하는 사람 중 한 명이니까.

"열 분쯤 빠졌습니다."

"또요?"

"뭐, 어쩔 수 없지요. 충분한 돈을 준다고 하니까."

이런 식으로 조금씩 조금씩 빠져나가는 사람들.

그럴수록 점점 불리해지는 것은 이쪽이었다.

"저 사람들은 두한이 어떤 족속인지 모르니까요. 사실 순박한 시골 사람들이 얼마나 알겠습니까?"

노형진은 피식 웃었다.

"순박요? 그거 말도 안 되는 소리인 거 아시죠?"

"하하하……."

노형진의 말에 최술만은 어색하게 웃었다.

그럴 수밖에 없는 게, 그는 지금이야 영농 후계자 소리를 듣고 있지만 처음에 이사 왔을 때만 해도 얼마나 텃세가 심한지 길바닥에서 멱살을 잡혀 패대기쳐졌을 정도니까.

"결국 사람들에게 중요한 건 이득과 돈입니다."

노형진은 주변에 있는 노인들을 보면서 나지막하게 말했다.

"생각해 보세요. 저분들이 여기에 나와 있는 이유가 뭐라고 생각하십니까?"

"그거야……. 하아, 그렇지요."

이 사무실에 나오는 사람들 중에 진짜로 두한을 믿지 못하고 고향을 지키려고 싸우는 사람은 드물다.

대부분 나이 먹어서 어디 가기 힘든 노인들이거나 선산이 있거나 하는 등의 이유였다.

"그 외에는 한 푼이라도 더 받아 내려고 버티는 것뿐입니다."

그러니 언젠가는 질 수밖에 없는 싸움이다. 노형진은 그걸 알기에 걱정스러운 거다.

'결국 후회하는 건 저들이지.'

여기에 있는 대다수의 사람들은 인근에 땅을 사거나 해서 이사하지 멀리 가지 못한다.

그렇다 보니 회귀 전에도 이곳을 떠난 기존 주민들은 자신들이 판 땅에 세워진 골프장에서 나온 오염수로 인해 암과 백혈병으로 죽어 가면서 후회를 했다.

"진짜로 걱정입니다, 걱정."

"그러고 보니 최술만 씨는 두한을 왜 그렇게 싫어하십니까?"

"아, 제가 말씀 안 드렸던가요?"

최술만은 머리를 긁적거리며 한숨을 쉬었다.

"제가 원래 두한에 다녔습니다."

"두한을 다녔어요?"

"네. 그래서 그들의 속성에 대해 누구보다 더 잘 알지요."

그는 원래 두한의 공장에서 안전 책임자로 일했다고 한다.

일하던 도중 위험한 부분을 발견하고 수정해 줄 것을 수십 차례나 건의했지만 두한에서는 돈이 없다는 이유로 묵살했다고 한다.

"그 기계가 안전 옵션이 있었는데, 대당 5천이었거든요."

그 기계가 있던 대수가 대략 10대, 그러니까 5억이 필요했다.

매년 수백억의 수익을 내는 공장 입장에서는 많은 돈이 아니었지만 두한에서는 절대 못 준다고 버텼고, 결국 우려하던 사고가 터졌다.

"두 사람이 죽었지요. 그런데 저를 책임자라고 자르더군요."

심지어 보상금을 주지 않기 위해 유가족을 고소하는 등 별짓을 다 했다는 소리에 노형진은 혀를 내둘렀다.

"그래서요?"

"복직 소송을 하고 뭐 별짓을 다 했지만 보다시피……."

당연히 패소.

그 후에는 다른 곳에 취업하려 했지만 이미 두한이 블랙리

스트를 뿌려서 취업도 못 했단다.

즉, 원해서 농사를 짓는 게 아니라 그 사건 이후에 어디에도 취업을 할 수 없어서 어쩔 수 없이 시골로 내려온 것이라는 것이다.

"그리고 제가 알기로는 저들이 골프장을 만든다고 하면 좋은 걸 쓸 리가 만무하거든요."

"그건 또 어떻게 아셨습니까?"

"제 친구 중에 한 명이 다른 곳에 있는 두한의 골프장 관리인입니다. 그 녀석이 그러더군요. 두한 골프장은 얼핏 보면 관리가 잘되어서 그럴듯해 보이지만, 사실 말이 관리지 거의 화공 약품을 들이붓다시피 한다고요. 아무래도 친환경 관리하려면 인건비가 많이 나가니까요. 그 녀석 말로는 손님들이 그 골프장에 뭐 뿌리는지 알면 아마 기겁해서 못 갈 거랍니다."

그리고 그동안의 두한의 행태를 봐서는 아무리 봐도 이곳 역시 그런 곳이 될 게 뻔하니까 그는 절대 반대하는 것이다.

"잘 아시는군요."

"그러면 노 변호사님도?"

"그럴 거라 생각해서 저도 반대하는 거죠. 물론 다른 사람들에게 말해 봤겠지요?"

"다들 설마라고 생각하세요."

"원래 인간은 좋은 쪽으로만 생각하지 않습니까? 거기에다 다들 농사를 짓는 사람들이라 농약에 대한 경계심이 약한 것도 있을 테고요."

두한이 대기업인데 그렇게까지 하겠느냐고 생각하는 것이다.

하지만 그들은 대기업의 속성을 모른다.

회장님의 하룻밤 술값으로 10억을 날릴지언정 업무 중 사망한 직원에게 줄 1천만 원의 위로금이 아까워서 소송을 거는 것이 대기업이다.

더군다나 그들이 생각하는 약과 두한에서 생각하는 약은 다르다.

이들이 생각하는 농약은 농작물을 팔기 위해 최소한으로 치는 것을 뜻한다.

잔류 농약이 많으면 상품을 출하할 수 없으니까.

하지만 골프장에 잔류 농약 기준 같은 게 있을 리가 없다.

당연히 두한은 그 독한 농약과 제초제를 들이붓다시피 해서 관리를 한다. 그래야 인건비가 절약되기 때문이다.

그리고 그건 지하수에 들어가거나 비가 오면 하천을 타고 취수원으로 흘러들어 간다.

"결과적으로 그게 악이 될 텐데요."

노형진은 그렇게 말하면서 구석에 있는 여자를 바라보았다.

그가 아는 사람이다. 정확하게는 회귀 전에 알던 사람이었다.

비록 지금은 땅값을 올리기 위해 여기에 나와 땅을 파는 걸 결사반대하고 있지만, 회귀 전에는 결국 비싼 값에 땅을 팔고 나가서 옆 도시로 이사 갔다.

그리고 그곳에서 본인은 암에 걸리고 하나뿐인 아들은 급성 백혈병으로 잃은 뒤, 이럴 줄 알았으면 절대 팔지 않았을 거라며 노형진을 붙잡고 오열했었다.

'왠지 짜증 나네.'

노형진은 그렇게 생각하다가 고개를 흔들었다.

몇몇이 기회주의자라고 해서 모든 사람들을 버릴 수는 없다.

당장 지하수가 오염되면 피해자만 수십만 명이 나온다.

물론 당장 암에 걸리는 건 아니다.

하지만 한번 오염된 지하수는 되돌릴 방법이 없고, 농약과 제초제는 일반적인 정화 과정으로는 100% 처리되지 않는다.

당연히 그 물을 마시는 도시의 사람들도 언젠가는 암이 발병한다.

'그래서 날 죽인 것일 테지만.'

당장 수십 수백 명의 피해자가 문제가 아니다.

지하수가 오염되었다는 것이 인정되는 순간 해당 도시에 사는 최소 수십만의 사람들이 잠재적 피해자가 되는 셈이고, 그렇게 잠재적 피해자들에게 암이 발생하면 그 배상을 결국 두한이 해 줘야 할지도 모르는 상황이 된다.

"어떻게 해서든 막아야 하는데 방법이 없네요."

최술만은 걱정스러운 듯 말했다.

좋은 이미지 속에 감춰진 날카로운 칼날을 본 그의 입장에서는 지금 상황이 걱정스러울 수밖에 없다.

"두한이 쉽게 포기할까요?"

"그럴 리가 없죠."

이 자리는 미래의 신도시 자리다.

두한도 그걸 아니까 골프장을 만들겠다고 설치는 거다.

사실 골프장만큼 땅이 많이 필요하고 강제수용까지 가능한 사업도 없으니까.

여기를 집어삼키면 가만히 있어도 최소 수십조의 돈이 들어올 게 뻔한데 과연 두한이 포기할까?

돈이라면 살인도 불사하는 그들이?

"지난번에 구청장이랑 면담하신다더니 어떻게 되셨습니까?"

최술만은 고개를 흔들었다.

"구청에서도 도와줄 생각이 전혀 없더군요. 도리어 우리보고 지역 경제가 살아날 수 있는 일인데 왜 반대하느냐고 그럽디다."

"지역 경제가 살아난다고요? 웃기네요. 지역 성범죄가 쑥쑥 자라나겠지요."

골프장은 지역 경제에 한 줌의 도움도 안 된다.

사람을 많이 고용하는 직장도 아니다.

도리어 그 땅에서 농사짓던 사람들이 백수가 되면서 실업률이 급격히 상승하게 만드는 주범이다.

더군다나 골프장에 골프 치러 온 사람들이 외부에서 뭐라도 사 먹을 거라 생각하면 오산이다.

회원권 한 장에 1억이다. 그런 회원권을 가지고 살고 있는 사람이 바깥에서 뭘 사 먹겠는가? 그냥 골프장 내에 있는 고급 식당에서 먹지.

당연히 지역 상권이 살아난다는 것은 완전 개소리다.

"아마도 구청에서는 그들이 낼 법인세를 기대하는 거겠지만요."

물론 그것도 대부분은 헛짓거리다.

법인세는 그 법인이 있는 장소가 아니라 등록된 장소에 내도록 되어 있다.

그리고 두한은 이 골프장의 본사를 서울에 둘 게 뻔하다. 그래야 관리가 편하니까.

'지역 경기가 살아나는 게 아니라 도시 하나가 통째로 날아갈 게 뻔하지만.'

지하수가 오염되어서 먹으면 암이 생기고 그걸 정화할 방법도 없는데 누가 여기에 살려고 하겠는가?

애석하게도 노형진이 그 결말을 보지 못하고 죽어서 미래는 알 수 없지만, 그게 드러날 경우 그 도시는 파멸을 피할 수가 없다.

한국에 땅이 없는 것도 아닌데, 물만 마셔도 암 생기는 땅에서 누가 살려고 하겠는가?

"이대로는 강제수용이 얼마 남지 않았습니다. 어떻게 할지 정말 문제군요."

"그게 문제입니다. 다른 건 사실 문제가 안 돼요."

소송이라는 것, 그리고 법이라는 것은 대부분 미래의 일이 아니라 과거의 일을 다룬다.

당연히 피해자나 위법이 발생하면 그걸 가지고 싸우는 것이 변호사다.

'그런데 이번에는 그게 아니란 말이지.'

위법도 없고 피해자도 없다.

물론 몇몇 범죄는 착수범이라 해서 미수범을 처벌하기는 하지만, 골프장 건설 미수라는 죄목은 이 세상에 없으니 당연히 말도 안 되는 소리다.

"일단은…… 방법이 없는 건 아닙니다만……."

"방법이 있다? 골프장 건설을 막을 수 있단 말입니까?"

"네, 방법은 있지요."

노형진은 어깨를 으쓱하며 말했다.

자신이 그 방법을 쓰기 위해 미리 준비하는 와중에 두한이 치고 들어왔다.

그래서 미리 준비가 안 된 상황에서 당하고 말았다.

'좀 더 서둘렀어야 하는데.'

하지만 이제 와서 후회해 봐야 소용없는 일.

"하지만 그러기 위해서는 저 동의서들을 철회시켜야 합니다."

"끄응…… 그게 문제 아닙니까?"

이것이 법이다

동의서를 이미 두한에 제출한 사람들. 그들이 그걸 철회하기 전에는 이 작전은 쓸 수가 없다.

"걱정 마세요. 그건 제가 알아서 하겠습니다."

노형진은 자리에서 일어났다.

길게 가 봐야 결국 유리한 것은 두한이다.

"얼마 후에 이곳에 동의 철회서를 찾으러 사람들이 엄청 몰려올 겁니다. 그러니까 그걸 충분히 확보해 두세요."

"동의 철회서를요?"

"네. 한꺼번에 제출해야 할 테니까요."

"얼마나요?"

"음……."

노형진은 잠깐 생각하다가 씩 웃었다.

"한 만 장쯤이면 되지 않을까요?"

"만 장이나요? 그 정도면 거의 대부분이 동의를 철회한다는 소리인데요."

"그러니까요. 그렇게 될 겁니다, 후후후."

노형진의 말에 최술만은 벙찐 표정으로 그저 바라볼 뿐이었다.

그 방법이라는 것은 생각보다 간단했다.

산업스파이를 이용하는 것이다.

사실 골프장 건설이 무슨 거창한 산업스파이까지 들어갈 일은 아니다. 그럴 수밖에 없는 게, 별달리 특별한 기술이 필요한 일이 아니니까.

땅을 다듬고 잔디를 심는 건 말 그대로 가장 기본적인 토목이고, 거기에 아무리 고급스럽게 휴게실을 만든다고 해 봐야 결국 그냥 저층 건물이다.

그래서 골프장 건설에 관련된 비밀은 뇌물 같은 것에 관한 부분이지 다른 부분에 관한 비밀은 별로 없다.

'하지만 이건 생각도 못 했을걸.'

노형진은 눈앞에 있는 사람을 보면서 싱글싱글 웃었다.

조용한 시골의 한 모텔. 분위기를 한껏 즐기려는 커플이나 올 것 같은 무인 모텔에 노형진은 낯선 남자와 함께 있었다.

물론 노형진이 뜬금없이 금단에 관심이 있어서 온 건 아니었다.

"확실한 겁니까?"

"제가 쓸데없는 농담하러 나온 것 같습니까?"

노형진은 뭔가를 꺼내서 턱하니 테이블에 올려놨다.

"현금으로 2천입니다."

제법 두둑한 가방.

열어서 내용물을 확인한 남자는 침을 꿀꺽 삼켰다.

"이걸 주시고 그걸 건네주시면 됩니다."

"진짜로 이걸 드리면 이 돈을 주시는 겁니까?"

"제가 안 드릴 거라면 이걸 왜 가지고 왔겠습니까?"

노형진의 말에 상대방 남자는 고민하는 듯한 얼굴이 되었다.

"그게 딱히 비밀은 아닐 텐데요?"

"그건 그렇지요. 도대체 이걸 뭐에 쓰실지 모르겠습니다만."

결국 남자는 이해가 안 간다는 듯 어깨를 으쓱했다.

"그건 저희가 결정합니다. 당신은 돈이나 챙기면 되는 거 아닌가요?"

"하긴 그러네요."

남자는 두둑한 현금 가방을 자신 쪽으로 끌어당기더니 품 안에서 작은 메모리 카드를 꺼내서 건넸다.

"여기 있습니다."

"이걸 누가 봤거나, 후에 당신을 특정할 수 있는 뭔가를 했나요?"

남자는 고개를 흔들었다.

"이건 딱히 기밀도 아니라서 그냥 누구나 열람할 수 있습니다."

심지어 그걸 출력한 것도 아니고 이미 나와 있는 걸 종이로 찍은 거다.

당연히 그걸 누가 찍었는지 특정할 수 있는 방법이 없다.

"우리는 본 적이 없는 겁니다."

남자는 메모리 카드를 노형진에게 건넸다.

노형진은 그걸 받아서 노트북에 연결했다.

그러자 잠시 후 노트북 모니터에 수십 장의 동의서와 그 관련된 정보가 나타났다.

노형진은 그걸 보고 미소 지었다.

"충분한 것 같군요."

"그러면 이만."

남자는 그곳을 나갔고, 노형진은 만일에 대비해서 메모리 카드를 복제해 놨다.

"어디 보자…… 아이고, 많이도 해 처먹으셨어."

노형진은 피식 웃으며 말했다.

그럴 수밖에 없다. 거기에는 제법 유명한 정치인들과 이 지역 유지들의 이름이 들어가 있었으니까.

"하긴 당연하다면 당연한 건가?"

노형진은 머리를 긁적거렸다.

신도시가 생긴다는 걸 알고 두한이 달라붙는 자리다.

그런 자리에 정치인들이 끼어들지 않을 리가 없다.

그리고 그 자리에 끼어든 정치인들에게는, 두한이 적당한 뇌물 아닌 뇌물을 주었을 테고 말이다.

"이게 무슨 문제가 될 거라고는 생각도 못 했겠지."

사실 주변에 물어보면 쉽게 나오는 정보니까 딱히 정보라고 할 수도 없다. 다만 정치인들이 끼어들었다는 게 문제가 될 뿐이다.

"많이 받아 드셨으니 우리도 같이 좀 먹고 삽시다, 정치인 여러분."

노형진은 화면에 뜬 이름을 보면서 실실 웃었다.

⚖️

얼마 후에 해당 지역에 수만 장의 종이가 뿌려졌다.

오토바이로 빠르게 지나가면서 뿌린 탓에 그게 누군지 특정할 수도 없는 데다가 CCTV가 거의 없는 시골의 특성상 그 사람을 잡을 방법은 없었다.

그들은 빠르게 달리면서 온 동네에 수만 장의 종이를 뿌렸고, 그 내용은 온 동네를 흔들었다.

"뭐여, 시방? 누구는 평당 10만 원이고 누군 평당 20만 원이여?"

"말이 된다고 생각혀? 아니, 내 땅은 평당 13만 원 줬어!"

"씨발! 네놈 땅은 평당 13만 원이지, 내 땅은 평당 8만 원이여! 8만 원!"

노형진이 사람을 통해 몰래 빼돌린 서류. 그건 다름 아닌 이 지역의 보상금 목록이었다.

땅을 사기 위해서는 당연히 돈을 줘야 한다.

그리고 그 돈은 땅의 위치나 이용 가치에 따라 달라진다.

가령 맹지라고 하는, 다른 사람들의 땅에 포위되어 접근할

도로가 없는 땅이 있다. 그러한 땅은 아무래도 다른 땅보다 가격이 떨어질 수밖에 없다.

반대로 교차로의 코너 자리 같은 경우는 가격이 비싸다.

만일 그 위에 다른 건물이 올라가 있다면 당연히 그 건물의 값어치에 따라서도 거래되는 금액이 달라진다.

10년 된 건물과 1년 된 건물이 같을 수는 없으니까.

당연히 일반적으로 이루어지는 정상적인 거래는 그런 걸 감안해서 가격이 책정된다.

'하지만 이번 경우는 아니지.'

이번 경우는 그런 게 아니다.

어차피 골프장이 지어진다고 하면 여기에 있는 건 모조리 쓸려 나간다.

건물도 가게도 나무도 모조리 다 말이다.

'그리고 그게 인간의 욕심을 자극하기 마련이지.'

어차피 다 똑같은 땅이 되어 버린다.

그렇다면 당연히 돈을 더 받아야 하지 않을까, 더 받을 수 있지 않을까 하고 생각하는 게 인간이다.

그 땅의 입지는 하등 상관없으니까.

'물론 그것만 가지고는 부족하겠지.'

그것만 가지고 이미 계약한 사람들의 반응을 이끌어 낼 수는 없다.

아무리 그들이 반응을 한다고 해도, 결국 입지가 다르다는 것은 부정할 수 없는 사실이니까.

'하지만 내가 노린 건 그게 아니지.'

단순히 그런 거라면 아주 큰 이슈가 되지는 않을 것이다.

하지만 노형진은 이곳에 이미 외부 사람들이 투자했다는 걸 안다. 그건 노형진도 마찬가지이고 말이다.

물론 노형진은 일반 투자자이고 그래서 돈을 더 줄 이유가 없다.

하지만 그 돈이 뇌물성의 돈이라면 어떨까?

"니미, 씨벌! 누구는 평당 100만 원을 주고 누구는 평당 8만 원?"

"장난해, 씨벌!"

노형진이 노린 것. 그건 미리 들어와 있는 정치인들이다.

사실 이런 정보는 정치인들이 가장 먼저 접한다.

그럴 수밖에 없다. 그런 신도시 계획을 준비하고 감시하는 게 정부 관계인들이니까.

당연하게도 그들은 이런 소식을 알게 되면 자기 이름이든 차명이든 땅을 사서 모은다. 그래야 돈이 되니까.

실제로 국회에서 가장 인기 있는 분과위원회는 국토개발위원회다. 대한민국의 모든 개발 정보가 거기로 다 모이니까.

"그리고 그런 놈들에게 돈 좀 쥐여 주는 게 보통이지."

그런 작자들에게는 당연히 돈을 줘야 한다.

그러지 않으면 기업에서 왜 갑자기 거기에 골프장을 지으려 드냐면서 태클을 걸 수 있는 자들이니까.

애초에 신도시 정보를 빼 주는 자들이 그런 자들이다.

대놓고 돈을 줄 수 없으니 가장 흔하게 쓰는 방법이 바로 땅값을 후하게, 아주 후하게 쳐주는 것이다.

돈을 그냥 주면 뇌물이 되지만 땅값으로 주면 거래가 되는 법이니까.

'보통은 그게 별문제 없이 넘어가지만 말이지.'

하지만 노형진은 그걸 노렸다.

분명 그건 돈이 된다. 그건 부정할 수 없는 사실이다.

그러나 그걸 외부에서 알 수 없기 때문에 문제가 안 되는 것이다.

'문제가 되는 건 외부에서 알았을 때.'

똑같이 땅을 팔았는데 누구는 평당 8만 원. 누구는 평당 100만 원이라고 하면 당연히 사람들은 분노한다.

"더군다나 이 새끼 땅은 더럽게 안 좋은 곳이잖아?"

"여기 덕구네 아버지 죽고 4년 가까이 안 팔리던 땅 아녀? 거기 완전 돌밭에 접근도 못 해서 쓰레기 땅인데, 그걸 평당 100만 원을 줘?"

정치인들이 바보가 아닌 이상에야 어차피 돈을 받을 게 뻔한 땅을 사는데 비싸고 좋은 땅을 살 리가 없다.

당연히 형편없이 나쁜 땅을 싼 가격에 사서 쥐고 있다가 재건축이 시작되면 비싼 가격을 받는다.

"그러니까 이 땅은 최하 평당 100만 원의 가치가 있는 땅이라는 소리네요."

노형진은 마을 주민들을 보면서 모른 척 말했다.

"그런데 평당 8만 원을 받으셨다고요? 사기당하신 거 아닙니까?"

"이런 육시럴!"

"아니, 사기당하신 거 맞네. 이야, 어떻게 양심도 없이 평당 100만 원이 넘는 땅을 평당 8만 원에 후려칠 생각을 했을까요?"

노형진은 마을 사람들이 있는 곳에서 슬쩍 열 받게 쿡쿡 말로 찔렀다.

낯선 사람이 그러는 걸 보면 보통은 경계를 하거나 넌 누군데 그딴 말을 하느냐고 덤비지만, 지금 상황에 너무 열 받은 남자는 그럴 정신도 없었다.

"사기?"

"당연히 사기죠. 평당 100만 원이 훨씬 넘는 땅인데 그걸 고작 8만 원을 줘요? 에이, 이건 아니지, 진짜."

"그…… 그런가?"

"당연하죠. 척 보면 착 아닙니까? 땅 가격을 제대로 아는 사람은 그냥 제값 주고, 가격 제대로 모르는 사람한테는 멍청한 촌놈이라고 낄낄거리면서 후려친 거네."

"이런 육시럴 새끼들!"

"그냥 이대로 두고 볼 겁니까!"

누군가의 선동.

사실 이런 일이 벌어지면 다음에 벌어질 일은 뻔하다.

시골 특유의 '떼법'이 발동할 순간이다.

'돈만 준다면 장례차의 길목이라도 막는 게 시골의 순박한 인심이지.'

노형진은 속으로 비꼬면서 피식 웃었다.

사실 틀린 말은 아니다.

시골 인심이 순박하기는 하지만 그건 어디까지나 자기들한테 도움이 될 때의 이야기다.

돈이 된다고 하면 더 악착같이 달라붙는 일면도 있다.

"갑시다!"

"이 육시럴 놈들! 내가 잡히면 아작을 낼 거!"

결국 사람들은 흥분해서 몰려가기 시작했고, 그 소식은 빠르게 퍼지면서 해당 지역 사무실로 수백 명이 몰려갔다.

"너희 이게 뭐야!"

"이거 뭐 하는 짓이여, 시방!"

"누구 입은 입이고 누구 입은 주둥이냐!"

"뭐? 평당 100만? 이 새끼야, 누구는 평당 8만 원 주면서 누구는 평당 100만?"

"아니, 이게, 그게 말입니다. 진정들 하시고요."

현장 담당자는 당황해서 어쩔 줄 몰라 했다.

사실 그들은 잘못이 없다.

현장 담당자들은 이 현장에서 벌어진 사실만 안다. 이러한 정치인들에 대한 배상은 본사 차원에서 이루어지기 때문에 당연히 이들도 모른다.

"말도 안 되는 소문입니다."

"말도 안 되는 소문? 그러면 여기 얼마여? 얼마냐고!"

"그게……."

현장 담당자는 진땀을 흘렸다.

이 땅의 가격은 모르지만 이 땅의 매매에 대한 동의가 이미 이루어졌다는 건 알고 있으니까.

"너 이놈의 새끼, 잘 걸렸다! 사람을 속여서 땅을 날로 먹어?"

흥분한 마을 사람들에게 어떤 말도 하지 못하는 담당자들.

노형진은 그런 그들 앞으로 나서서 소리를 질렀다.

"다들 진정하세요!"

"넌 뭐시여?"

"아까 그 사람 아냐? 도대체 당신이 뭔데 여기에 끼어들어?"

잔뜩 화가 나서 몰려왔는데 아까와 다르게 앞을 가로막는 노형진을 보고 몇몇이 화가 나서 소리를 질렀다.

이렇게 흥분한 사람들 앞에서 까딱 잘못하면 흠씬 두들겨 맞기 때문에 조심해야 한다.

하지만 노형진에게는 이들을 진정시킬 가장 좋은 방법이 있었다.

"지금 여기서 화를 내서 봐야 아무런 소용도 없습니다."

"뭐여? 그러면 우리더러 지금 그냥 당하라는 거여?"

"그건 아니죠."

"넌 뭔데?"

"저요? 저 변호사입니다."

노형진의 말에 순간 좌중이 조용해졌다.

아무리 흥분했다고 해도 변호사는 법률적인 지식을 가진 사람이기에 자기들이 싸워서 이길 수 없다고 생각한 것이다.

"물론 여러분과 같은 이 지역 주민이기도 합니다."

"주민?"

"그렇습니다. 저도 여기에 몇만 평의 땅을 가진 사람입니다. 물론 당연히 여러분과 같은 피해자이고요."

같은 처지라는 말에 사람들의 시선이 훨씬 부드러워졌다.

하지만 자신을 도와주러 온 줄 안 변호사가 도리어 적이라는 사실을 안 담당 직원은 당혹감에 눈동자가 격하게 흔들렸다.

"간단하게 말씀드린다면, 현 상황에서 여러분들이 아무리 소리를 지르고 화를 내 봐야 바뀌는 건 없습니다."

"그러면 그냥 앉아서 땅을 빼앗기라는 거여, 뭐시여!"

"아니요. 그것도 아닙니다. 이건 엄밀하게 말하면 토지 거래가 끝난 게 아니거든요."

"뭐?"

"여러분들이 이들에게 준 건 매매계약서가 아니라 동의서입니다."

이 지역의 땅을 팔고 이 지역에 골프장을 만드는 데 동의하겠다는 내용의 동의서.

'땅값은 어차피 나중에 나와.'

땅을 살 때 처음부터 나오는 족족 땅을 사는 사람도 있기는 하지만 대부분의 기업은 그 방법을 쓰지 않는다.

그럴 수밖에 없는 게, 그렇게 땅을 모았는데 투자나 계획이 취소되는 경우 그 땅은 골칫덩어리가 되기 때문이다.

더군다나 그 돈을 쥐고 있으면 막대한 이자 수익이 생기는데 그냥 나오는 대로 돈을 주면 이자 수익도 없다.

설사 대출을 끼고 사업을 한다고 해도 당연히 돈을 미리 빌려 두는 것보다는 나중에 빌리는 것이 훨씬 유리하다. 그만큼 은행에 이자를 내지 않아도 되니까.

은행 입장에서도 땅을 담보로 빌려주면 부담이 덜하고 말이다.

당연히 이런 경우는 주민에게 동의서를 받고 나중에 사업이 확정되면 일시에 돈을 지급하는 방식을 선호한다.

당연히 두한도 그러한 방법을 썼고 말이다.

"여러분들이 제출한 동의서는 말 그대로 동의만 한 겁니다. 그리고 동의서는 법적으로 철회를 할 수 있지요."

"누…… 누가 그래요!"

당황한 직원이 어떻게 해서든 노형진의 입을 막으려고 했지만, 이미 사람들의 시선이 노형진에게 향해 있었기 때문에 막을 방법이 없었다.

"법에서 그러는 건데요?"

"아니, 그런 경우는 당연히 손해배상을……."

"무슨 손해배상요? 실질적으로 손해가 발생한 거 있습니까?"

"……."

없다. 아직 동의가 다 이루어진 게 아니기 때문에 당연히 지급된 돈도 없고 사업 계획 자체도 확정된 것이 아니다.

"그리고 동의 철회는 개인의 권한이지 당신의 권한이 아닐 텐데요?"

"그건……."

"동의라는 게 뭔데요?"

동의서는 뭔가를 하는 데 있어서 그들과 의사가 같다는 걸 밝히는 정도이지 그들과 함께하겠다는 계약은 아니다.

당연하게도 그런 경우는 강제력이 없다.

물론 회사에서는 강제력이 있다고 우기지만.

'법원에 가면 얄짤 없지.'

노형진은 실실 웃으며 사람들에게 말했다.

"여기서 이대로 끌려가시면 그대로 사기당하시는 겁니다. 그러니 그냥 넘어갈 수는 없죠. 여러분은 그냥 동의 철회 의사만 밝히면 되는 겁니다."

"그건……."

그건 법적으로 어떠한 문제도 없다.

노형진의 말에 아무런 말도 하지 못하는 직원을 보고 사람들은 누가 맞는지 바로 알아차렸다.

"동의한 상태로 여기서 계약의 부당성을 이야기하셔 봤자 당연히 여러분이 불리하죠. 이미 동의서가 제출되어 있으니까요. 그럴 때는 일단 동의부터 철회하시는 게 맞습니다. 지금 동의 철회서는 골프장설립반대사무소에 비치되어 있으니 거기에 가셔서 작성하여 내시면 됩니다."

노형진의 말에 사람들의 발걸음이 그쪽으로 향했다.

"갑시다!"

"이대로 당할 수는 없어요! 갑시다!"

소리를 버럭 지르면서 몰려가는 사람들.

멀어지는 사람들을 멍하니 바라보는 직원을 보고 노형진은 빙긋 웃었다.

"다음에 보죠. 뭐, 볼 수 있으면 말이지요. 후후후."

90%는 100%와 다르다

"뭐?"

두한의 회장인 이상주는 주먹을 꽉 쥐었다.

"동의율이 10.2%로 떨어져?"

"네……."

"10.2%가 떨어진 게 아니고?"

"그게…… 10.2%로 떨어졌습니다."

10.2%의 동의율.

그 말은 미리 땅을 사 둔 정치인들과 자신들이 차명으로 사 둔 땅을 제외한 나머지 땅 주인들이 모조리 동의를 철회했다는 의미였다.

"어쩔 수가 없는 상황이었습니다. 저희가 어떻게 할 수가……."

"지금 그걸 변명이라고 하는 건가?"

"아…… 아닙니다. 하지만 진짜입니다. 노형진 변호사라는 놈이……."

"노형진?"

화가 나서 부들부들 떨던 이상주의 머리가 순식간에 차갑게 식었다.

그와 철천지원수가 된 노형진.

그가 죽이려 하다 실패했고, 그 대가로 노형진은 두한에 여러 번 치명적인 타격을 입혔다.

그래서 이제는 같은 하늘 아래에서 살 수 없는 원수가 된 사이였다.

"그놈이 거기에 나타났다고?"

"네. 그 녀석이 거기에 골프장 건설을 가장 반대하는 세력 중 한 명입니다."

"세력 중 한 명?"

"네. 그 녀석이 가진 땅이 대략 5만 평쯤 됩니다."

"5만 평?"

이상주는 분노를 가라앉히고 자리에 앉았다.

노형진이라는 이름. 한때는 분노를 불러왔지만 이제는 분노보다는 걱정을 불러오는 이름이다.

"우리가 거기에 세우려고 하는 골프장 넓이가 얼마나 되지?"

"120만 평입니다."

"그런데 5만 평을 가지고 있다고?"

"네."

"우연인가?"

잠깐 생각을 하던 이상주는 고개를 흔들었다.

우연이 아니다. 우연일 수가 없다.

거기에는 아무것도 없다.

자신들은 미래를 보고 골프장을 만드는 거지, 진짜로 거기서 골프로 돈을 벌려고 만드는 게 아니다.

"그 녀석이 거기에 땅을 산 게 언제지?"

"그러니까…… 3년쯤 되었습니다."

"3년? 그러면 말이 안 되는데."

자신들이 거기에 신도시가 생긴다는 정보를 얻은 게 2년 전이다.

그 이후에 거기를 집어삼키기 위해 야금야금 땅을 사면서 골프장을 지을 준비를 했다.

그러니까 3년 전에 그 땅은 자신들과 아무런 관련도 없었고 자신들은 관심도 없었다.

'우리가 들어갈 것을 알고 미리 샀다?'

그건 불가능하다. 그게 가능하려면 미래를 알아야 한다.

'그러면 우리보다 정보가 빨랐다?'

신도시 계획이 만들어지기 시작한 것이 2년 반 전이다.

자신들은 대기업이고 누구보다 빠르게 정보를 얻는다.

그런데 3년 전부터 땅을 모았다?

'이건 불가능해. 그런 곳에 5만 평이나 되는 땅을 산다고?'

평당 10만 원만 친다고 해도 무려 50억이다.

물론 노형진의 재력이 그게 불가능할 정도는 아니다.

문제는 그곳이 그렇게 매물이 많이 나오는 곳이 아니라는 거다.

'그 말은, 쓸 만한 매물이 나오는 족족 사들였다는 건데……'

자신들이 알기도 전에 땅을 사서 모았다는 게 이상주는 이해가 가지 않았다.

'노형진, 도대체 정체가 뭐냐? 도대체 정보력이 어디까지인 거야?'

이미 노형진에 대해 조사했다.

그는 지금까지 투자를 거의 실패하지 않았다.

마치 미다스처럼…….

'설마 노형진이 미다스?'

그러나 이내 고개를 흔들었다.

미다스에 대한 전설은 많다. 하지만 지금까지의 정보로는 노형진이 미다스일 가능성은 낮다.

일단 미다스가 벌어들이는 이익을 생각해 보면 그가 경제적 부분에서 천재적 재능을 가지고 있는 것은 사실이다.

거의 예지 수준이다.

하지만 그 점을 생각할 때 그의 정보 처리 능력과 분석 능력은 어마어마할 테고, 그걸 써야 하는 시간도 많다.

하지만 노형진은 미다스로서의 분석 업무는 거의 안 한다.

그는 경제 분석이 아니라 법률가로서 활동하는 시간이 훨씬 길다.

아무리 노형진이 천재라고 해도 미다스라는 존재와 양립하는 것은 불가능하다는 것이 조사 팀의 결과다.

'결국 그러면 그 땅은 노형진이 아니라 미다스의 땅이라는 건가?'

그러면 말이 된다.

그곳에 신도시가 생길 가능성이 높다는 걸 감지하고 노형진을 통해 그가 땅을 사 뒀을 가능성이 아주 높다.

"큭, 빌어먹을."

이러면 곤란하다.

노형진과도 사이가 안 좋은데 미다스까지 끼었다면 자금력에서도 부딪친다.

물론 자금력만 두고 싸운다면 두한이 부족하지는 않을 것이다.

어찌 되었건 두한은 대한민국을 대표하는 굴지의 대기업 아닌가?

똥개도 자기 구역에서는 반은 먹고 들어간다고 했다.

대한민국 내에서 미다스와 싸운다면 지지는 않을 자신이 있다.

'하지만 해외에서도 계속 싸우면서 부딪치겠지.'

그렇다고 해서 그 땅을 포기한다? 그건 말도 안 된다.

"거기 예상 수익이 얼마지?"

"120만 평으로 계산했을 때 대략……."

건물을 올리고 공사를 하는 것까지 따졌을 때 들어가는 돈은 1,400억 정도.

"신도시가 세워질 경우 평당 200만 원까지 뛸 거라 생각합니다."

평당 10만 원을 준 땅이 평당 200만 원까지 뛴다면 시세 차익은 무려 스무 배다.

"더군다나 거기에 신도시가 들어서고 우리가 아파트 건설을 하게 된다면. 평당 600만 원까지 받을 수 있다고 예상하고 있습니다."

그러면 시세 차익은 예순 배. 조 단위는 가뿐하게 넘어서는 이익이다.

"결국 우리가 포기할 수는 없는 거로군."

"현실적으로 포기한다는 건 멍청한 짓이지요."

사람들이 잘 모르는 비밀 중 하나.

그건 대기업들이 물건을 팔아서 버는 돈보다 땅 놀음으로 버는 돈이 더 많다는 것이다.

그래서 어지간한 대기업은 필수적으로 건설 쪽 업체를 가지고 있다.

오죽하면 어떤 대기업 회장은 건설이 없다는 것에 무시당한 게 화가 나서 무리해서 건설 업체를 만들다가 파산하기까지 했다.

"일단 재동의서를 받아."

"그게 문제입니다. 주민들이 요구하는 금액이 터무니가 없습니다."

"터무니가 없다니? 그게 무슨 소리야?"

"평당 100만 원을 요구하고 있습니다. 그것도 아무것도 없는 논과 밭을 가지고 말입니다. 건물이라도 한 채 있으면 건물값을 빼고 평당 500만 원 이상을 요구하고 있습니다."

"평당 100만 원? 장난해? 아무것도 없는 땅이 평당 100만 원?"

그곳은 사실 신도시가 생긴다는 것 말고는 아무런 혜택도 이점도 없다.

더군다나 신도시가 생기고 바로 성장하느냐? 그것도 아니다.

신도시가 생기면 그곳이 발전하는 데 걸리는 시간은 대략 10년으로 본다.

그 시간이 지나야 신도시는 제대로 된 도시로서 활동할 수 있게 된다.

그럴 수밖에 없는 게, 과거처럼 인구가 포화되는 상태도 아니고 도리어 은퇴한 사람들이 시골로 내려가는 시점이다.

그들이 내놓는 도시의 땅은, 일반적인 사람들은 돈이 없어서 사지 못한다.

과도한 부동산 거품이 발생했다고 몇몇 전문가들은 경고를 하는 시점.

　　그렇게 거품이 끼어도 이런 시골 땅을 평당 100만 원씩 주고 사는 병신 새끼는 없다.

　　"하지만 우리가 정치인들에게 주기로 한 돈이 문제입니다."

　　"큭."

　　이미 증거로 그 땅에 대한 가격이 터무니없이 매겨진 것이 드러났으니 당연히 그들은 한 푼이라도 더 받으려고 할 테고, 당연히 100만 원으로 땅값을 올릴 수밖에 없을 리라.

　　물론 진짜 100만 원을 주지는 않겠지만 최소한 50만 원은 줘야 한다.

　　"예산이 너무 많이 들어갑니다."

　　평당 10만 원으로 예산을 구성했을 때 들어가는 돈은 땅값만 1,200억 정도. 하지만 그 다섯 배라고 하면 6천억이다.

　　물론 두한쯤 되는 기업이 그걸 못 줄 정도는 아니다.

　　당장 그게 성공하면 최소 열 배 이상의 시세 차익을 챙길 수 있으니까.

　　"노형진 그놈이 문제군."

　　노형진. 그놈이 그냥 두고 볼 리가 없으니까.

　　"그놈을 어떻게 해야 하는데……."

　　이상주는 심각하게 고민을 했다.

　　하지만 그에게 손댈 만한 뾰족한 방법이 없다는 게 문제였다.

"크으……."

그렇게 이상주의 고민이 깊어지고 있는 그 순간에도 노형진은 이상주에게 제대로 엿을 먹이고 있었다.

⚖

"이 땅을 진짜로 그 가격에 사시는 겁니까?"

"그렇습니다만. 부족하십니까?"

"아니, 부족한 건 아닙니다만."

남자는 당황해서 노형진을 바라보았다.

이곳에는 그의 어머니가 살았었다.

하지만 얼마 전 돌아가시고 그에게 남겨진 땅은 얼마 되지 않았다.

300평 정도.

말 그대로 텃밭이나 일구면서 소일거리나 하기 딱 좋은 수준의 땅이었다.

애초에 어머니가 나이 먹고 경작할 수가 없어서 다른 땅은 판 지 오래라 남은 건 오래된 집과 텃밭뿐이었다.

그래서 그걸 내놨는데 노형진이 산단다. 그것도 평당 100만 원에 말이다.

"저기, 이런 말씀 드리면 죄송하지만……."

남겨진 아들은 영 꺼림칙했다.

"여기가 아무리 도심과 가까워도 평당 40만 이상 받기 힘들 텐데요?"

여기서 골프장을 만든다느니 뭘 한다느니 하며 난리를 치지만, 결국 자신과 관련이 없는 일이다.

고향이라는 느낌은 있지만 골프장이 생기면 돌아올 일도 없거니와 평생을 도심에서 살아서 이런 시골은 불편하기만 하니까.

그런데 그런 땅을 평당 100만 원 주고 사겠다고?

"압니다. 하지만 제가 계획하는 걸 위해서는 충분히 드릴 수 있는 가격이지요."

"계획요?"

"그런 게 있습니다, 후후후. 물론 팔지 않으시겠다고 해도 딱히 강제하거나 하는 일은 당연히 없습니다."

"아니, 안 판다기보다는……."

평당 40만 원짜리를 100만 원에 팔 수 있는 기회다.

그걸 그냥 두고 볼 수는 없는 노릇.

당연하게도 그는 그 땅을 노형진에게 평당 100만 원에 팔았다.

"후회하지 않으실 겁니다."

"후회야 안 할지도 모르지만…… 글쎄요."

남자는 꺼림칙한 얼굴로 어깨를 으쓱할 수밖에 없었다.

다음 날부터 마을 사람들 사이에는 빠르게 소문이 돌기 시작했다.

이런 작은 마을은 소문이 도는 속도가 어마어마하다.

"거기가 평당 100만에 팔렸다메?"

"거기는 그래도 건물이 있잖어. 거기에다 읍내 바로 옆이기도 하고. 대지니까 그런 거 아녀?"

"뭔 소리여? 거기 건물이 벌써 60년이 넘었다. 이제 와서 무슨 건물값을 따져? 당연히 땅 가격만 따져야지. 그리고 읍내 옆이라고 해도 거기 50도 안 넘어. 작년에 말례네가 거기 평당 30만에 팔고 나갔잖어."

어찌 되었건 그 땅이 터무니없이 비싼 가격에 팔린 것은 사실이다.

그리고 사람들은, 그 땅이 그렇게 팔린다면 당연히 다른 땅도 그렇게 팔 수 있을 거라 생각한다.

"내 땅도 팔릴려나?"

"누가 네놈 땅을 그 가격에 사?"

"그건 그렇지?"

그렇게 말하면서도 사람들은 혹시나 하는 생각을 했다.

사실 동의 철회서를 내기는 했지만 그렇다고 해서 그 땅이 진짜로 평당 100만 원 이상 받을 거라는 생각은 하지 않았다.

수십 년간 이 주변에서 어느 정도 가격에 거래가 이루어졌는지 모르는 바가 아니기 때문이다.

하지만 그 가격에 내놓음으로써 협상의 우위를 차지하고 돈을 더 받아 내는 것이 그들의 목적이었다.

'하지만 팔린다면……'

진짜로 팔린다면 평당 단돈 몇 푼이라도 더 받아 내는 게 중요한 게 아니다. 당장 열 배나 폭등을 하는 셈이니까.

"나도 내 땅을 내놔 봐야 쓰것네."

슬쩍 자리를 피하는 남자.

그가 저만치로 사라지자 눈치를 보던 다른 남자가 핸드폰을 들었다.

"어, 김 씨. 나여. 내 땅 있잖어. 그거 평당 한 100만 정도에 내놀까 하는디. 뭐? 농치지 말라고? 농 아니여. 어차피 내놔서 팔리면 좋고 아니면 마는 거제."

⚖️

"이런 식으로 엿을 먹일 줄은 몰랐는데요."

최술만은 기가 차다는 듯 말했다.

지금까지 마음을 돌려 달라고 그렇게 빌었건만 누구도 동의 철회서를 쓰지 않았다.

하지만 누군가가 돈을 더 받았다는 이유만으로 그들은 기꺼이 동의 철회를 했다.

"원래 인간의 욕심이란 게 그런 겁니다. 그래서 회사 하나가 날아간 적도 있지요."

"회사가 날아가요?"

"네. 어떤 직원이 실수로 월급 내역을 전체 메일로 보냈거든요."

그 전에는 회사 내부에 차별도 없었고 딱히 문제가 없었다.

하지만 그 월급 내역에는 누구 정규직이고 누가 비정규직인지, 그리고 누가 돈을 더 많이 받는지가 드러나 있었다.

정규직은 비정규직과 거리를 두기 시작하고, 비정규직은 자신들보다 일을 제대로 안 하는 정규직들이 두 배가 넘는 돈을 받는다는 것을 용납하지 못했다.

결국 단 한 달 사이에 직원의 40%가 그만뒀고, 공장이 제대로 돌아갈 리가 없으니 당연히 납기일이 틀어지면서 기업은 망해 버렸다.

"누군가 그들에게 그만두라고 설득했다면 그만둔 사람은 10%도 안 될 겁니다."

하지만 차별이라는 것, 그리고 신분을 나눈다는 것은 그런 것이다.

정당한 대우를 받지 못하는 사람에게 자격지심을 가지게 하고 그 결과 그곳을 떠나게 만드는 것이 바로 차별이다.

"차라리 대놓고 차별하는 건 도리어 덜하죠."

물론 그 과정에서 제대로 한다면 문제가 안 된다.

대표적인 예가 미국의 메이저리그다.

그곳 구단들은 1군과 2군의 차이가 어마어마하다.

1군은 호텔식의 뷔페에서 밥을 먹지만 2군은 햄버거를 먹고 3군은 샌드위치 수준이라고 할 정도로 말이다.

하지만 그럼에도 불구하고 선수들은 그 차별을 뭐라 하지 않는다. 자신이 잘해서 올라갈 기회가 많다는 걸 아니까.

"하지만 이런 건 기회가 없죠."

계약서에 도장을 찍는 순간 기회는 박탈당한다.

그 회사도 마찬가지다.

회사가 망한 이유는 차별 그 자체 때문이 아니다.

그 회사에서 비정규직이 정규직이 될 가능성이 없고 그 차별이 영원할 거라는 걸 알기에 비정규직이 떠난 것이다.

"지금도 마찬가지죠. 도장을 찍기 전에는 이쪽이 갑이지만, 찍는 순간 저쪽이 갑이 됩니다."

당연하게도 이들은 그 전에 최대한 이득을 만들어 내려고 한다.

"좋은 생각이십니다. 하지만 그 땅을 그렇게 비싸게 살 이유가 있나요? 너무 비싼데요."

노형진은 평당 100만 원을 주고 샀다.

지금 시세로 보면 터무니없이 비싼 값이다.

하지만 노형진은 비싸다고 생각하지 않는다.

'미래를 보면 도리어 정가로 산 거지.'

하지만 노형진이 미래 가격을 감안에서 사 줄 만큼 착한 사람은 아니다. 그곳의 가치는 지금 매겨지는 것이니까.

노형진이 그렇게 비싸게 산 이유는 간단하다.

"일단 거래가를 정해야 하니까요."

"거래가요?"

"네. 실제로 누군가 그 가격으로 거래를 하면 그게 그 땅의 거래가가 됩니다."

하지만 그곳은 땅이 작다. 그래서 노형진이 그곳을 평당 100만 원이나 주고 산 것이다.

"결국 평당 100만 원이라는 거래가가 만들어진 거죠."

물론 그게 영원하지는 않을 것이다.

"이미 몇몇 사람들이 땅을 내놨다고 하더군요."

"맞습니다. 아무리 두한이라고 해도 그 돈을 주지는 못하니까요. 아마 저라도 거길 100만 원 준다고 하면 팔았을 겁니다."

아무래도 시골은 땅이 싼 데다가 농사를 지어야 해서 큰 평수를 가진 사람이 많다.

그래서 시골의 땅값이 평당 100만 원으로 책정되면 그런 사람들이 부자가 된다.

실제로 과거에 그렇게 부자가 된 사람들이 많았다. 신도시가 생긴다는 이유로 말이다.

"하지만 한두 건 가지고 그게 될까요?"

"한두 건이면 힘들지요."

노형진은 피식 웃었다.

"하지만 여러 건이라면 어떨까요?"

"노 변호사님이 그걸 다 사시려고요?"

"그건 아니지요."

그랬다가는 노형진이 수를 쓴다는 소리가 나올 가능성이 높다.

'물론 지금쯤 두한에서도 나의 존재에 대해 알고 있겠지만.'

그렇다고 해서 그쪽에서 노형진에게 뭔가를 할 수는 없다.

과거에 암살이 실패했을 당시 마이스터와 미다스의 이름으로 두한을 한번 흔들었으니까.

비공식적인 일이었지만 두한의 주가는 하루 만에 폭락했고 서킷 브레이크가 걸리면서 난리가 났었다.

'두한이 멍청한 짓은 안 하지.'

암살이라는 것은 상대방이 이쪽을 노릴 수 있다는 걸 모를 때나 가능하다.

하다못해 이쪽에서 보복을 할 수 있는 방법이 없을 때에나 가능하다.

하지만 두한은 그 사건으로 인해 마이스터와 미다스가 자신들을 인식했다는 걸 알아차렸다.

아마 노형진에게 뭔 일이 생긴다면 주위 기업들이 두한과 마이스터가 사생결단을 할 걸 알 테고, 거기서 설사 이긴다고 해도 만신창이가 된 두한을 다른 기업들이 가만두지 않을 거라는 것도 안다.

'과거에 성화가 그랬던 것처럼 말이지.'

거대 그룹 중 하나였던 성화는 약해지는 순간 다른 기업들의 사냥 대상이 되어서 갈가리 찢어져 버렸다.

그리고 그걸 본 기업들의 견제는 더더욱 심해졌다.

"제가 다 살 수는 없지요."

노형진은 피식 웃으며 말했다.

"하지만 다른 사람이라면 살 수 있겠지요, 후후후."

⚖

부동산이라고 하면 보통 사람들은 공인중개사를 생각한다.

아니면 부동산이라는 원래 의미인 땅이나 건물을 생각하기도 한다.

그러니 꼭 공인중개사만 땅을 거래하는 건 아니다.

땅을 거래하는 다른 기업도 있다.

사람들에게 땅을 분할해서 지분으로 파는 곳, 소위 말하는 기획 부동산 말이다.

사람들은 그 기획 부동산 업자를 보통 사기꾼으로 생각하는 경우가 많다.

실제로 그런 경우가 많은 것도 사실이다.

하지만 그렇다고 해서 모든 기획 부동산이 사기꾼인 것은 아니다.

"그러니까 거기에 신도시가 들어간다고요?"

"그렇습니다."

기획 부동산 업자의 눈에 불이 켜졌다.

신도시라는 것은 아주 큰 개발 호재다.

물론 그게 외부에 발표되었을 때는 이미 늦은 경우가 대부분이다.

아무리 기획 부동산이라고 해도 재벌가나 권력자보다는 정보가 늦을 수밖에 없으니까.

"확실한 겁니까?"

"제가 명함을 보여 드렸지요? 저는 마이스터의 한국 대리인입니다. 원하시면 확인해 보셔도 됩니다."

"으음⋯⋯."

부동산 업자는 고민했다.

사실 명함 하나 파는 것은 어려운 일이 아니다.

당연히 그것만 믿고 일을 진행할 수는 없다.

'하지만 변호사란 말이지.'

그것도 거대 로펌인 새론의 이사급 변호사. 그가 자신에게 거짓말을 할 이유가 없다.

더군다나 본인 스스로가 해당 지역에 5만 평이나 땅을 가지고 있는 거부이기도 하다.

"제가 거기에 산 땅을 기획 부동산을 통해 팔 생각입니다."

"이해가 안 가는데요."

부동산 업자는 머리를 긁었다.

그가 가진 정보는 아주 신빙성이 높다.

당연히 그 땅을 쥐고 있으면 어마어마한 돈을 벌 수 있다.

"그런데 왜 땅을 파시겠다는 건지 모르겠습니다."

"저는 돈이 없어서 그러는 게 아니거든요. 그곳에 생길 골
프장을 막는 게 제 목적입니다."

"골프장요? 아아······."

부동산 계통에서만 20년을 넘게 일한 그다.

당연히 노형진이 골프장 이야기를 하는 순간 무슨 일이 벌
어졌는지 쉽게 예측할 수 있었다.

"어딘가요?"

"두한입니다."

"두한요?"

"네, 잘 아실지 모르겠지만."

"모를 리가 있나요. 전국에 두한의 골프장이 몇 개인데요."

그의 눈에 생기가 돌았다. 그럴 수밖에 없다.

'두한이라니. 그러면 확실하다.'

노형진이라는 존재 때문에 그곳에 관심이 가는 것도 사실
이다.

하지만 그는 오랜 경험상 두한이라는 존재에 대해 알고 있었다.

그들이 골프장을 세운다는 것은 그곳에 개발 호재가 있다는 의미라는 것을 말이다.

'그동안은 한발 늦었는데.'

그 소식을 접했을 때는 이미 두한이 살 만한 땅은 다 싹쓸이했든가 아니면 어마어마한 자금력을 들이부어 버리고 있는 상황이었기 때문에 자신들이 할 수 있는 게 없었다.

하지만 이번은 아니다.

"두한이 동의서를 많이 받았나요?"

"아니요. 10% 간신히 넘는 걸로 알고 있습니다."

"그러면 돈을 제대로 주지 않았겠네요?"

"그렇지요."

노형진은 웃으며 말했다.

"이 정보를 뿌리셔도 됩니다. 하지만 조건이 있습니다."

"조건?"

"네, 그 필지의 10%는 무조건 저에게 팔 것."

"흠……."

그는 잠깐 고민했다.

손해 보는 건 아니다.

노형진이 싼 가격에 후려치겠다는 것도 아니다. 다만 필지의 10%를 사겠다는 것뿐.

"만일에 저희가 안 된다고 하면 어쩌시려고요?"

"안 할 수 있을까요?"

노형진은 씩 웃으며 말했다.

"제가 그 땅을 살 돈을 투자할 텐데요."

"네? 저기, 그게 무슨 말씀이신지?"

"말 그대로입니다. 결국 그 땅을 사기 위해서는 돈이 필요하지요."

기획 부동산의 영업 방식은 일단 땅을 사는 것에서 시작된다.

땅을 사고, 그 땅에 좀 더 수익을 붙여서 판매한다.

당연히 그 땅에 수익을 붙이기 위해서는 개발 호재가 있어야 한다.

그런데 그렇지 않은 곳을 팔거나 아니면 수익을 터무니없이 붙이거나 이야기한 곳과 다른 곳을 파는 게 기획 부동산의 사기 방식이다.

'하지만 그렇지 않은 곳들이 있지.'

이곳 같은 경우는 그런 사기를 치지는 않는다.

대부분 그런 사기를 치는 기획 부동산은 빠르게 생기고 빠르게 폐업한다.

하지만 이 기획 부동산은 영업 기간만 10년. 사기를 쳤으면 당연히 그 정도 영업은 불가능하다.

"저기, 진짜 이해가 안 갑니다."

부동산 업자는 더 당황했다.

"돈이 있는데 그걸 안 사시고요?"

돈을 투자해서 땅을 사도록 돕는다는 것. 그건 그만큼 땅을 살 돈이 있다는 소리니까.

"뭐, 개인적인 사정이 있습니다. 그건 비밀로 하지요."

"하아……."

노형진의 말에 부동산 업자는 한숨을 쉬었다.

농담이 아니라, 그가 거기에 끼어든다고 해도 살 수 있는 땅에는 한계가 있다. 자금력이 달리니까.

하지만 노형진의 투자를 받는다면?

'최소한 10만 평 이상 살 수 있겠지.'

그리고 그 투자금을 돌려주고도 더 많은 이익이 남을 것이다.

'왜 저러는 건지는 모르겠지만.'

지금 중요한 건 노형진이 왜 이런 행동을 하는지가 아니다. 지금 중요한 건 돈을 버는 거다.

"계약서를 쓸까요?"

그는 당장 펜을 꺼내 들었고, 노형진은 마치 예상했다는 것처럼 가방에서 서류를 꺼냈다.

⚖️

얼마 후 노형진의 투자가 들어가자마자 기획 부동산은 그 지역의 땅을 싹쓸이해 버리기 시작했다.

신도시가 들어온다는 말을 믿고 나오는 족족 땅을 산 것이다.

당연히 두한 입장에서는 돌아 버릴 지경이었다.

"이 새끼들은 뭐야? 갑자기 왜 나타난 거야?"

더군다나 노형진이 그 정보를 뿌린 회사는 한두 곳이 아니다.

당연하게도 여러 곳에서 들어왔고, 경쟁이 붙어서 가격이 미친 듯이 올라갔다.

"평당 40만! 나 그 이하로는 안 팔아!"

원래는 평당 8만 원짜리 땅 주인은 가격이 오르자 당연히 배짱을 부렸다.

무려 다섯 배나 부른 것이다.

하지만.

"좋습니다. 사지요."

"응?"

"그 가격에 사겠습니다."

평당 40만에 산다고 해도 신도시가 생기면 평당 200만은 훌쩍 넘는다. 당연히 산다는 사람은 넘쳤다.

"아니, 마음이 바뀌었어. 평당 50만! 아니, 60만! 그 아래로는 안 팔아!"

그는 배짱을 부렸다.

물론 당연하게도 상대방은 그 가격을 주겠다고 했다.

그리고 그러한 행동은 주민들의 의구심을 불러일으켰다.

"왜 땅을 못 사서 안달이지?"

"저기 용필이네, 선산 팔아서 30억 챙겼다던데요?"

"아니, 이게 뭔 난리래?"

다들 어리둥절한 그때 두한은 미쳐 버릴 것 같은 상황이었다.

"이런 개 같은 경우가 어떻게 생기지?"

이상주는 기가 막혔다.

아무리 생각해도 이건 정상적인 과정이 아니었다.

어디서 정보가 샌 건지 모르겠지만 고작 투기꾼들이 달라붙어서 그의 계획을 망가트리고 있었다.

정보가 샌 거야 그렇다고 쳐도, 그 미친놈들이 도무지 이해가 안 되는 재력으로 달라붙고 있었다.

아무리 기획 부동산이라고 해도 그 자금력은 수억 수준이다.

그런데 그들은 벌써 수십억을 들이부었고, 전체적으로 수백억 단위였다.

"마이스터. 그곳이야."

그렇지 않으면 이 정도 돈이 들어올 나올 구멍이 없다.

마이스터에서 돈을 투자함으로써 두한에 엿을 먹이고 있는 게 확실했다.

"끄응, 아직도 보복이 안 끝난 건가."

이상주는 지금까지 살아오면서 처음으로 자신의 잘못을 후회했지만, 이미 상황은 늦었다.

"회장님, 방법이 없습니다. 그 땅을 사는 사람들에게서 사야 합니다. 그들은 부동산 투기 세력입니다. 기획 부동산인

만큼 그들이 계속 땅을 쥐고 있을 가능성은 낮습니다."

"그렇겠지."

"그 땅을 사는 사람들에게 적당한 대가를 지불한다면 우리에게 땅을 팔 겁니다."

"차라리 우리가 지금 땅을 사는 건?"

어찌 되었건 그게 더 많이 남으니까.

하지만 사람의 마음이라는 게 그렇게 쉽게 풀어지는 게 아니었다.

"그게 쉽지 않습니다. 이미 우리는 주민들과 사이가 틀어진 상황인지라……."

이제 주민들은 두한을 사기 세력으로 의심하고 있다.

그럴 수밖에 없다. 평당 10만 원 정도의 가격을 주기로 한 땅이 수십만 원에 거래되고 있는 상황이니까.

"더군다나 돈이 문제입니다."

"망할 새끼."

더군다나 거래 방식이 너무나 달랐다.

자신들은 동의서를 받아서 그걸로 주민 동의의 75% 이상을 받고 토지의 50%에 대한 권리를 확보한 후에 강제집행을 통해 토지를 수용한 다음 그 돈을 줄 예정이었다.

그러니 그게 1년이 걸릴지 2년이 걸릴지 알 수가 없다.

"하지만 그들은 현재 그 땅을 구입하면서 현금으로 거래를 하고 있습니다."

똑같은 가격인데 '3년 후에 줄 수도 안 줄 수도 있습니다.'라는 사람과 '지금 당장 계좌로 쏴 드리겠습니다.'라고 말하는 사람 중 누구와 거래를 할지는 너무나 당연한 답이 나온다.

당연히 두한과의 거래는 거의 없었다.

"후우, 골프장…… 골프장……."

최소 10조 이상의 수익이 될 수 있는 사업이다.

그런데 그게 눈앞에서 무너지고 있다.

"어쩔 수 없지."

수익이 낮아진다고 해도 그래도 몇조는 남는다.

그러니 어쩔 수 없이 나중에 그걸 구입한 사람들에게서 좀 더 비싸게 사는 수밖에 없었다.

"속이 쓰리군. 빠른 시일 내에 건강검진 잡아 봐."

안 그러면 혈압으로 곧 죽을 것만 같았다.

⚖️

노형진 때문에 마을 주민들과 사이가 틀어진 두한은 결국 제대로 땅을 사지 못했다.

당연히 그 돈을 갑자기 유통할 수가 없었으니까.

결국 시간이 좀 지나고 나서 충분한 실탄을 준비한 두한은 그 당시에 땅을 산 사람들에게 접촉해서 구매 의사를 전하기 시작했다.

"그 당시에 평당 60만 원을 주신 걸로 알고 있습니다. 저희에게 파신다면 평당 120만 원을 드리겠습니다."

혹해서 사람들은 흔들렸다.

땅을 산 지 얼마 되지 않았는데 두 배나 주겠다는 사람이 나타났으니 당연히 많은 사람들이 그 땅을 팔겠다고 했다.

하지만 노형진이 노린 함정은 지금부터가 시작이었다.

"싫은데요."

"뭐라고요?"

"싫다고 했습니다."

노형진을 다시 찾아온 담당자는 진짜 죽을 것 같았다.

"전 그 땅을 팔 생각이 없습니다."

노형진은 고개를 흔들었다.

"저희가 무려 두 배나 더 드립니다."

"아니, 그러니까 두 배가 아니라 이백 배를 준다고 해도 안 판다니까요."

노형진은 시큰둥하게 말했다.

"저기, 사장님!"

"아니, 안 판다니까요. 이거 데자뷔 같은데, 나가세요. 지금부터 안 나가시면 주거침입인 거 아시죠?"

직원은 똥 씹은 얼굴이 되었다.

하지만 그들이 할 수 있는 것은 없었다.

"진짜로 공사를 못 하네요?"

최술만은 완전히 공사가 멈춰 버린 논과 밭을 보면서 혀를 끌끌 찼다.

처음에는 골프장을 만든다고 깐죽거리던 그들이었지만 노형진의 계획에 빠져서 결국 골프장을 포기할 수밖에 없었다.

"법이라는 게 애매하거든요."

그들은 문화시설인 골프장을 만들기 위해 온 동네를 강제수용 해서 떼돈을 벌려고 했다.

그에 반해 노형진은 그곳에 골프장을 만드는 것을 막는 것이 목표였고 말이다.

"그들은 50% 이상의 토지를 집어삼키면 다른 땅을 강제로 수용할 수 있지요. 하지만 법에는 허점이 있기 마련입니다."

가령 50% 이상의 토지를 집어삼켰다고 하지만 그 안에 다른 사람의 지분이 들어 있는 경우, 과연 법은 어떻게 해석할 것인가?

"이 경우 이 땅은 타인의 소유가 아닙니다. 정확하게는 땅의 공동소유자이지요."

그리고 법적으로 지분은 강제수용의 대상이 아니다.

"제가 그래서 10%를 무조건 저에게 팔도록 한 겁니다."

두한은 어떻게 해서든 이곳을 집어삼키기 위해 돈을 긁어

모았다.

하지만 문제가 되는 것이 바로 노형진이 가진 10%의 지분이다.

현행법상 그 땅에서 뭔가를 하기 위해서는 지분을 가진 모든 사람들의 동의가 필요하다.

그 땅을 팔거나 아니면 그 지역을 재개발하는 것 말이다.

"하지만 제가 반대하면? 그들은 방법이 없지요."

그들은 어떻게 해서든 골프장을 만들기 위해 비싼 돈을 주고 그 땅을 샀다.

아무리 지분 거래라고 하지만 그건 불법이 아니니 문제 될 것은 없다.

"여기서 문제가 생깁니다. 과연 자신의 땅에 대한 동의도 나오지 않은 상황에서 그 땅에 대한 권리를 주장할 수 있느냐라는 법률적인 문제가요."

50%의 지분의 동의. 그게 강제로 사람들의 땅을 빼앗을 수 있는 조건이다.

"하지만 저는 제 지분에 대한 공동 사용에 동의하지 않지요."

그 말은 아무리 두한이 그 땅의 90%의 지분을 쥐고 있다고 해도 그 땅에 대한 권리 자체를 100% 운영할 수 없다는 걸 의미한다.

"그리고 그 말은, 그 땅이 50%에 속하지 않는다는 겁니다."

당연히 그 땅에 대해 권한이 없으니 다른 사람들의 땅에 대한 강탈도 불가능해진다.

"만일 제가 그 돈으로 땅을 샀다면 오히려 졌을 겁니다."

살 수 있는 땅은 많지 않았을 테고, 아마도 그 50% 규정에 밀려서 두한에 강제로 땅을 빼앗겼을 것이다.

하지만 노형진은 기획 부동산을 통해 지분으로 땅을 팔도록 만들었고, 그중 최소 10%의 지분을 차지했다.

당연하게도 두한이 그 땅을 운영하기 위해서는 그 10%의 지분이 필요하다.

"하지만 제가 가진 게 지분 10%니까."

간단하게 말해서 노형진은 들어가는 돈 대부분을 한쪽에 모으는 대신에 분산해서 투자함으로써 열 배 이상의 땅에 대한 권리를 얻었고, 그 결과 두한의 계획을 제대로 엿을 먹인 것이다.

노형진의 설명에 최술만은 혀를 내둘렀다.

"결국 두한은 여기를 재개발이 되거나 신도시가 생길 때까지 마냥 쥐고 있어야 하는군요."

"그렇지요."

그것도 몇 배나 비싸게 산 이 땅을 말이다.

"당연히 기업 입장에서는 환장할 노릇일 겁니다."

여기에 들어간 돈은 묶여 있는 자산이다.

골프장이라도 만들면 일단 그걸 가지고 수익을 내거나 하면서 돈을 갚거나, 하다못해 이자라도 내는 게 가능하다.

프리미엄 골프장의 대부분이 그런 식으로 운영된다.

이자만 내면서 재개발되기를 기다리는 것이다.

"하지만 이제는 아니죠."

노형진이 사용 허가를 내 줄 리가 없으니 두한은 매년 이자를 내야 한다.

'당연히 그들이 농약을 뿌리지 못하지.'

그리고 수만 명의 잠재적 피해자가 발생할 골프장 사태는 원천 차단된 것이다.

"하지만 저쪽에서 경매를 하겠다고 덤비면 어쩌시려고요?"

이런 경우가 있다.

저쪽도 이쪽도 서로의 권리를 제한시키면서 그 땅에 대한 권리를 제대로 행사하지 못하는 경우, 권리자는 그 땅을 법원 경매를 통해 팔아서 돈을 챙길 수 있다.

"과연 그럴 수 있을까요? 이미 아시지 않습니까, 여기에 신도시가 생긴다는 것."

"하긴 그러네요."

그걸 뻔하게 알고 있는 두한이 경매를 할 리가 없다.

"그리고 경매를 한다고 하면 저야 땡큐지요."

노형진이 나서서 사면 그만이다.

결국 두한은 울며 겨자 먹기로 이 땅을 재개발할 때까지 쥐고 있어야 한다.

'그리고 난 그때 털고 나오는 거지.'

노형진은 그곳에 대해 잘 안다.

잔뜩 기대를 가지고 시작한 신도시다. 하지만 그곳은 실패한다.

급격한 인구 감소와 국민들의 재산 감소로 인해 말이다.

'그리고 그 피해는 모조리 두한이 뒤집어쓰겠지.'

노형진은 속으로 웃으며 생각했다.

'물론 그때까지 두한이 존재한다면 말이야, 후후후.'

노형진은 두한을 그때까지 놔둘 생각이 없었다.

고양이 주인? 고양이 집사!

"아니, 엄마! 그 돈 쥐고 갈 것 아니잖아요? 지금 이 서방 사업이 넘어가게 생겼는데 안 된다고 하시는 게 말이나 돼요?"

"누차 말했잖니, 그 사업은 안된다고. 그런데 너희가 다 알아서 한다고 큰소리치고는 이제 와서 돈을 달라는 게 말이나 되니?"

"누가 그냥 달래요? 빌려 달라는 거잖아요!"

호화로운 빌라촌. 그 빌라 중 한 곳에서 큰 소리가 새어 나오고 있었다.

주변 사람들은 하루 이틀 문제가 아니라는 듯 그들의 말을 그저 무시하고 있었지만 말이다.

"현숙이 너는 염치 좀 있어라. 그거 하지 말라고 온 가족이 말렸다. 그런데 이제 와서 사업이 안된다고 돈을 달라는 게 말이나 돼?"

"아니, 누가 거저 달래? 빌려 달라고! 지금만 넘어가면……!"

"말이 되는 소리를 해! 애초에 그건 안되는 사업이었어! 거기에 돈을 들이붓는 건 결국 돈 날리는 거야. 지금이라도 손 떼!"

"그러는 넌! 넌 얼마나 잘났는데! 공부한답시고 해외로 나가더니 마약질 하다가 인생 날려 먹은 게 누군데!"

"넌? 너 지금 오빠한테 너라고 했냐? 이게 미쳤나?"

"그래, 미쳤다! 내가 모를 것 같아? 엄마 돈 노리고 눈이 벌게져서 엄마 죽기만 기다리는 거 모르는 줄 아느냐고! 그러니까 그 나이 처먹고 결혼도 못 하고 엄마 집에 얹혀사는 거지!"

"야, 이 미친년아!"

동생의 말에 오빠인 종현은 발끈했다.

하지만 그게 틀린 말은 아니다.

공부한답시고 미국에 간 것까지는 좋은데, 거기서 하라는 공부는 안 하고 마약중독자가 되어 버렸다.

그 바람에 한국으로 추방되었고, 한국에서도 마약으로 벌써 세 번이나 감옥에 갔다 왔다.

"언니 말이 맞아. 지금 그 나이 처먹고 결혼도 안 하고. 아니, 못 하는 거겠지. 어떤 미친년이 마약쟁이랑 결혼을 해?"

"현지 너까지? 어이가 없네, 씨발. 현지 넌? 넌 뭐 사고 안 쳤어? 이 개 같은 년아! 네가 호스트바에 가져다 바친 돈만 해도 건물, 아니 빌딩 하나 너끈하게 올렸어."

"맞아! 네가 그 미친 호스트 새끼한테 준 돈이 얼만데! 차라리 그 돈으로 회사를 차렸으면 벌써 떼돈을 벌었겠다."

"아니, 순수한 사랑을 너무 매도하는 거 아냐?"

"순수? 순수? 씨발, 스물두 살짜리가 뭐가 아쉬워서 너 같이 못생긴 돌싱한테 매달리냐? 거기에다 바람피우다가 걸린 돌싱한테. 양심 좀 있어 봐라. 그 애한테는 넌 엄마뻘이야, 이 개년아!"

"오빠! 지금 뭐라고 했어? 개년? 개녀언?"

"내가 틀린 말 했냐? 그렇게 힘들게 좋은 집에 시집가면 뭐 해! 새파랗게 어린 새끼랑 눈 맞아서 바람을 피워? 그것도 세 놈이랑? 이 개 같은 년아, 네가 준 위자료가 얼만데? 어? 그거부터 깔까?"

세 남매는 엄마인 오숙자를 앞에 두고 머리채를 잡아 흔들며 싸우기 시작했다.

"하아……."

오숙자는 그걸 보다가 질려 버렸다는 듯 고개를 흔들었다.

"내가 어쩌다……."

자식이라고 있는 게 이 셋이다. 하지만 셋 다 정상적이지 않다.

어쩌면 그녀의 업보 같은 것일지도 몰랐다.

첫째는 마약중독자고, 둘째는 사업한다고 돈을 계속 날리고, 셋째는 어린 남자만 보면 정신을 못 차린다.

"난 모르겠다. 너희들이 알아서 해라."

"엄마! 어디 가?"

"넌 어디 가! 이참에 끝장 보자! 그래, 이 서방이 사업한다고? 그 개 같은 새끼가 사업한다고 날려 먹은 게 얼마인지 한번 뽑아 볼까?"

"뭐라는 거야, 이 마약중독자 새끼가!"

"씨발, 그래! 나 마약 한다! 그래서 뭐? 너희 개잡년들처럼 돈을 날리진 않았어!"

"웃기시네! 변호사비랑 로비하느라고 판검사한테 준 돈이 얼만데! 엄마가 기자들 입 막느라고 돈 쓴 건 생각 안 해?"

"그건 어쩔 수 없는 거고!"

"뭘 어쩔 수 없는 거야!"

"씨발, 넌 나잇살 처먹고 고작 고삐리 꼬셔서 그 짓을 하냐?"

"그 이야기가 왜 나와? 그 애가 나 좋다고 했어!"

"지랄! 네가 돈지랄하면서 한 달에 몇백씩 퍼 주는데 안 좋다고 할 사람이 어디 있냐?"

서로 싸우는 세 남매를 뒤로하고 오숙자는 조용히 위층으로 올라왔다.

"내가 어쩌다 이렇게 되었누……."

어쩌면 연예계 생활을 하면서 애들을 케어해 주지 못한 게 큰 실수였을지도 모른다.

나름대로 노력을 했지만 남편이 바람피워서 이혼한 후로 한 노력은 아무래도 부족한 모양이었다.

그녀는 자식들이 뭐라고 하든 신경 쓰지 않고 방으로 향했다.

어차피 그녀가 그 자리에 있든 없든 자기들끼리 알아서 싸울 테니까.

그런 게 어디 한두 번인가?

그녀가 질렸다는 듯 머리를 흔들며 방 안으로 들어가자 그녀의 옆으로 한 마리 고양이가 다가왔다.

야아아옹.

"그래, 유미야……. 너밖에 없구나."

아래층에서 온 동네가 떠나가라 싸우는 자식들.

그녀는 멀쩡하게 살아 있는데 자식들은 그녀를 죽은 사람 취급이다.

심지어 눈앞에서 유산을 가지고 멱살을 잡아 가면서 싸운다.

"그래그래."

오숙자는 자신에게 엉겨 붙는 유미를 품에 안았다.

온 집안에서 그녀를 산 사람으로 대해 주는 것은 오로지 고양이뿐이었다.

"그렇게 긴 시간을 보냈는데도 남은 가족이라고는 너뿐이구나."

오숙자는 고양이를 부둥켜안고 눈물을 흘렸고, 유미는 그런 그녀의 뺨에 흐르는 눈물을 핥으며 위로해 줬다.

그렇게 그녀는 세 남매의 싸움이 밤새도록 이어지든 말든 방에 고립된 채로 밤을 지새웠다.

⚖️

변호사의 업무는 주로 소송이다.

하지만 법률적 자문을 하기도 하고 가끔은 증인 노릇을 하기도 한다.

그걸 공증이라고 하는데, 공증 자격이 있는 변호사가 공증을 한 서류는 판결문과 같은 효력을 가진다.

그래서 그런 공증 업무를 해야 하는 경우는 여러 가지 따져야 하는 게 많다.

하지만 아무리 공증이라고 해도 위법한 것은 공증할 수도 없고, 공증을 한다고 해도 효력도 없다.

그런데 때로는 살다 보면 위법한 걸 요구하는 사람도 있다.

"네?"

공증 업무를 하던 고연미 변호사는 되물었다.

자신의 귀를 의심할 수밖에 없는 말이었으니까.

"우리 유미한테 전 재산을 남기고 싶어."

황당한 요구를 하는 사람은 다음 아닌 오숙자.

한국 연예계에서 오래 활동한 가수다.

무려 40년 이상 활동한 사람이기에 당연히 고연미의 대선배라 할 수 있었다.

심지어 아직도 현역으로 활동하고 있다.

물론 현역이라고 해도 전처럼 활동을 왕성하게 하는 건 아니지만, 그래도 그녀가 한번 콘서트를 한다고 하면 그 표는 30분 안에 매진될 정도로 장년층에게는 어마어마한 인기를 끌고 있는 사람이었다.

"유미요?"

고연미는 어찌 되었건 대선배였고 왕래가 있었기 때문에 그 유미라는 존재에 대해 안다.

오숙자가 아끼는 고양이다.

"그래. 내가 죽고 나면 얼마나 외롭겠어? 그러니까 전 재산을 유미한테 주고 싶어."

"저기, 선배님."

고연미 변호사는 진땀을 흘렸다.

그럴 수밖에 없다.

"유미는 고양이잖아요?"

사람도 아니고 고양이, 그것도 길거리 출신의 고양이다.

물론 선배인 오숙자가 키우는 고양이인 것은 안다. 성격이 좋아서 까탈스럽지 않고 낯선 사람에게도 잘 다가와서 골골 거리는 소위 개냥이다.

"상황이 이렇게 되니까 믿을 만한 게 너뿐이네."

오숙자는 고연미가 아직 방송에서 활동을 할 당시에 모 프로그램을 통해 만났다.

이후에도 친하게 지냈고, 그녀가 방송을 그만두고 변호사가 된 후에도 계속 연락을 하고 지냈다.

그래서 고연미가 오숙자의 사정을 잘 알기는 하지만, 이렇게 황당한 부탁을 할 줄은 몰랐다.

'하지만 어찌 되었건 고양이잖아?'

사람이 아니라 고양이다.

더군다나 오숙자의 추정 재산은 대략 220억 정도 될 거라 예상하고 있다. 그런데 그걸 고양이한테 준다고?

"자녀분이 세 명이나 있으시잖아요? 그런데 고양이한테 재산을 주시겠다고요?"

"자식이 있으면 뭐 해? 이건 자식이 아니라 원수야. 내가 멀쩡하게 살아 있는데 벌써부터 내 유산 가지고 서로 멱살 잡고 싸워. 말만 자식이지. 연미 너는 알잖아, 그 애들이 평생 사고를 치면서 내 속을 얼마나 태웠는지. 오죽하면 내가 네가 내 딸이었으면 좋겠다고 말했겠어. 내가 말년에 정을 느낀 건 우리 유미뿐이야."

"하지만 선배님."

고연미는 긴 한숨을 내쉬었다.

되는 게 있고 안되는 게 있는 법이다.

이것이 법이다

"그건 불가능해요."

"어째서?"

"법적으로 말이죠, 애완동물은 물건이에요."

아무리 애지중지 키우고 가족으로 생각한다 해도 법적으로는 결국 물건일 뿐이다.

그래서 애완동물이 누군가에게 살해당하면, 피해자는 가족을 잃은 느낌이겠지만 법적으로 가해자는 단순히 재물 손괴에 지나지 않고, 애완동물의 경우 그 가격이 그다지 높지 않기 때문에 처벌도 약한 것이 현실이다.

"물건에는 재산을 못 남겨요."

"그러니까 내가 연미한테 온 거 아냐. 어떻게 안 될까? 저 멍청한 애들한테 재산을 남기면 일이 어떻게 될지 너무 뻔해서."

"휴우……."

고연미도 오숙자의 세 자식에 대한 이야기는 안다.

호부 아래 견자 없다지만, 오숙자의 세 남매는 그 말이 틀렸음을 알 수 있는 가장 확실한 증거였다.

그녀는 재능이 넘치고 바른 사람인데, 그 세 사람은 도대체 얼마나 개차반인지 답이 안 보였으니까.

물론 그런 자식을 보는 오숙자의 마음을 모르는 건 아니다.

"하지만 안 되는 건 안 되는 건데요."

아무리 고연미라고 해도 법적으로 권한이 없는 존재를 권한이 있는 존재로 만들 수는 없다.

"나도 알아. 다른 변호사들도 그러더라고."

그녀 정도 되면 평소 왕래하던 변호사가 있거나 아니면 고문 변호사가 있기 마련이다.

하지만 그들도 불가능하다고 하니까 여기까지 온 것이다.

"선배님이 아시는 분들은 쟁쟁한 분들이잖아요? 저보다 훨씬 경험 많고 오래 하신 분들도 방법이 없다고 하는데 제가 뭔 수로요?"

"새론이잖아. 내가 듣기로 새론은 어떻게 해서든 방법을 찾아낸다고 하던데. 얼마가 들어도 좋으니까 방법을 좀 찾아줬으면 좋겠어."

"끄응……."

고연미는 한숨만 나왔다.

물론 그 마음을 모르는 건 아니다. 오죽 답답하면 그녀가 자식에게 돈을 안 주겠다는 소리를 하겠는가?

"유미가 걱정되시는 거라면, 차라리 자식들한테 맡기는 건 어때요?"

"유미를? 지금도 못 죽여서 안달인데?"

유미는 소위 말하는 순종 고양이가 아니다.

거기에다 세 남매가 워낙 숙자의 앞에서 싸우다 보니 유미도 그들만 보면 하악질을 하면서 경계를 한다.

지난번에도 그녀가 보고 있는데도 유미를 발로 뻥 차기까지 했다.

그녀가 유미를 얼마나 아끼는지 알면서도 말이다.

"내 장례를 치르기 무섭게 안락사시킬 거야."

농담이 아니다. 아무리 좋게 생각해도 그들이 유미를 어딘가에 가져다 버리는 게 제일 좋은 상황이 될 게 뻔하다.

"오죽하면 내가 고양이한테 재산을 남기겠다고 하겠어?"

"하지만 그렇다고 해도……."

고연미는 한숨이 나왔다.

"선배님이 유언장 작성을 해 달라고 부탁하셔서 제가 변호사로서 하기는 하는데, 이건 방법이 없어요."

"그러니까 부탁해. 우리 유미 혼자 남으면 어찌 될지 너무 걱정돼서 그래."

"그 마음은 저도 이해하지만……."

"어떻게 안 될까?"

"글쎄요."

고연미는 머리를 부여잡았지만 그녀의 입장에서는 방법이 안 보였다.

"이럴 때 도와주실 분이 한 분 계시기는 하죠."

"노형진?"

"아세요?"

"유명하잖아."

"아시니까 길게 이야기하지 않아도 되겠네요. 제가 한번 이야기해 볼게요."

고연미는 고개를 끄덕거리며 말했다.

사실 자신을 찾아왔다고 해도 결국 노형진에 대해 알고 왔을 가능성이 높다는 것쯤은 알고 있었다.

그리고 그녀가 선배에게 해 줄 수 있는 것은 그 정도가 다였다.

⚖️

"고양이한테 유산상속을요?"

"네."

"그게 될 리가 없죠."

노형진은 고연미의 말에 고개를 흔들었다.

"무슨 짐승에게 재산을 줍니까?"

"가족이라고 생각하시니까요."

"감정하고 법은 다르죠."

"노 변호사님은 애완동물하고 거리를 두는 타입이신가 봐요?"

노형진은 고개를 흔들었다.

"전혀요. 저도 애완동물 키워 봤습니다."

"지금은요?"

"지금은 키우면 안 되죠. 제가 얼마나 바쁜지 아시잖아요? 그것도 못 할 짓입니다."

노형진이 일을 나가면 애완동물은 하루 종일 혼자서 지내야 할 것이다.

재수 없으면 열흘씩 출장을 가는데 그때마다 혼자 둘 수는 없으니 애견 호텔 같은 곳에 맡겨야 하는데, 아무리 애견 호텔이라고 해도 결국은 우리 같은 곳에 가두어 두는 셈이니 감옥 생활이나 다름없다.

"제가 감정적으로 평안을 얻으려고 애완동물을 키우고 싶지는 않네요."

"그건 그렇겠네요."

"그리고 애완동물한테 재산을 주면요? 그 이후에는요?"

애완동물은 아무래도 그 수명이 길지 않다.

더군다나 오숙자의 애완동물인 유미의 경우 병원 진료 기록에 따르면 열 살 정도 된 고양이다.

"고양이 수명이, 아무리 케어를 잘해 줘도 15년입니다."

결국 진짜 잘 케어해 준다고 해 봐야 5년쯤 지나면 수명이 다한다는 소리인데, 그때 220억대 재산을 가지고 개싸움이 벌어질 건 뻔한 일이다.

"하지만 선배님은 완전히 마음을 굳히셨어요."

"아니, 진짜 사람들 참……."

노형진은 질렸다는 듯 머리를 흔들었다.

많은 사람들이 감정적으로 일을 판단한다.

하지만 감정으로 할 수 있는 일이 있고 감정으로 해서는 안 되는 일이 있다.

"그래서 굳이 고양이한테 주시겠다?"

"네."

"자식들이 가만히 있을 리가 없을 텐데요?"

"그렇기는 하지만요."

"흠……."

노형진은 심각한 얼굴로 고민했다.

"전부는 안 될 겁니다. 아시죠?"

"그건 저도 알죠. 저쪽에서 지랄할 거 아니까. 하지만 선배님은 고양이만 지킬 수 있다면 상관없다고 하셨어요."

"고양이만이라……."

노형진은 고개를 끄덕거렸다.

220억대에 이르는 그녀의 자산을 기증하면 세 남매가 소송을 하고 지랄할 게 뻔하다.

하지만 그건 노형진이 막으면 된다.

그렇다면 남은 건 한 가지뿐이다. 고양이 유미에게 재산을 맡기는 것.

"뭐, 방법이 없는 건 아니죠."

"방법이 있어요?"

"네, 편법이기는 하지만 말입니다. 물론 쉽지는 않을 겁니다. 첫 번째는, 재산이 220억이나 되시니 미국에 투자 이민을 가시면 됩니다."

"미국요?"

"네."

미국은 주마다 법이 다른 나라다.

그래서 변호사 자격증도 국가가 아니라 주에서 발행한다.

"몇몇 주에서는 애완동물의 재산상속을 인정합니다. 일부 유럽 국가들도 마찬가지고요. 그들의 나라에 투자 이민을 하면 분명 재산은 넘겨줄 수가 있지요. 일단 이민을 가서 시민권을 받는 순간 그 나라 법의 적용 대상이 되니까요."

투자 이민이란 어떤 나라에 이민을 갈 때 그 나라에 어느 정도 이상의 투자를 하면 영주권을 주는 제도를 말한다.

투자를 활성화시키고 부자들의 이주를 촉진시키기 위해서 만들어진 제도다.

그래서 일반적인 이민에 비해 훨씬 빠르고 간편하게 이민이 가능하다.

"그건 힘들 것 같아요. 절대로 한국을 떠나려고 하지 않으실 테니까요. 평생을 한국에서만 살아오신 분이에요. 가끔 해외 공연이라도 다녀오시면 음식이 입에 안 맞았다고 한 달은 투덜거리는 분인데 해외에 가서 사실 수 있을 리가 없죠."

"그렇다면 안 되겠네요."

결국 투자 이민은 보류다.

"두 번째 방법은 뭐예요?"

"두 번째 방법이 가장 가능성이 높습니다. 하지만 그 전에 재산을 물려준다는 개념이 어떤 건지 알아야 합니다."

"네? 그게 무슨 말씀이세요?"

"진짜로 고양이에게 재산을 물려주려는 거라면 이건 쓸 수 없는 방법이에요. 그 고양이, 유미라고 했던가요? 하여간 그 고양이의 안락한 노후를 준비하는 것이 목적이라면 가능합니다."

"그게 같은 거 아니에요?"

노형진은 고연미의 말에 고개를 흔들었다.

"전혀 다르죠. 인간으로 치면 고급 요양 시설에서 최후를 마감하느냐 아니면 자신의 집 안방에서 최후를 맞이하느냐 만큼이나 다르죠."

"일단 방법이 없는 건 아니라고 하니 제가 한번 이야기해 볼게요."

"아니요. 제가 한번 만나 봐야 합니다."

"네? 어째서요?"

노형진은 어깨를 으쓱하며 말했다.

"모든 사람이 자신의 진심을 말하는 건 아니거든요."

"그게 무슨 말씀이세요? 노 변호사님이 자주 말씀하시는, 모든 의뢰인은 거짓말을 한다는 그건가요?"

"뭐, 비슷한 겁니다."

"하지만 이건 사건 같은 것도 아닌데요?"

"압니다. 하지만 의뢰인인 것은 변함없지요. 그리고 의뢰인은 많은 거짓말을 합니다. 심지어 변호사뿐만 아니라 자기 자신에게도 말이지요."

고연미는 그 말이 이해가 가지 않는 눈치였지만 노형진은 그저 담담하게 말을 이어 갈 뿐이었다.

"변호사의 책임에는 그 진실을 알려 드려야 하는 것도 포함됩니다."

⚖️

"오숙자라고 합니다."

"노형진 변호사입니다."

인사를 하는 사이 이동용 장에서 고양이 한 마리가 나오더니 노형진의 다리에 얼굴을 부비기 시작했다.

"허? 신기하네요. 고양이는 낯선 사람을 꺼리는 걸로 알고 있는데요."

"유미가 이상하게 성격이 좋아요. 누구에게나 친절하죠. 그래서 만났고요."

우연히 가게 된 동물 보호소. 그곳에서 다른 고양이들과 다르게 자신의 무릎에 올라와 골골거리며 애교를 떠는 유미를 보고 운명을 느껴서 데리고 왔다고 이야기하며, 오숙자는 미소를 지었다.

"그나저나 연미한테 이야기는 들었습니다. 편법이 있다고요? 그 이야기를 자세하게 듣고 싶어서요."

"편법이 있기는 합니다. 일단은요. 그러니까…… 아이고, 이놈아. 저리 좀 가라."

골골거리면서 노형진의 다리에서 떠나지 않던 유미는 옆에 있던 고연미에게 가서는 아예 발등에 올라타 잠을 잘 자세를 잡았다.

"어머, 어머! 이 애, 고양이 맞아요?"

"넉살 진짜 최강이네. 아, 아까 하던 말씀 마저 드리자면요, 어찌 되었건 재산은 못 줍니다. 예뻐하시는 건 알겠지만 유미는 고양이니까요."

"그건 들었어요."

"하지만 재산을 주시는 게 목적이 아니라 유미의 노후를 준비하는 거라고 하면 방법이 있습니다. 바로 재단이죠."

"재단?"

"네."

재단은 어떤 목적으로 뭉치는 단체를 말한다.

물론 금전적 목적으로 뭉치는 경우 그건 회사라고 볼 수 있지만, 재단의 경우는 좀 다르다.

"그러니까 회사를 만들라는 건가요?"

"아니요. 그건 아닙니다. 하지만 일반적인 회사와는 좀 다른 곳이죠."

사람이 뭉쳐서 만들어지는 것은 재단이나 사단이나 같다.

하지만 사단과 재단은 그 중심이 사람이냐 재산이냐에 차이가 있다.

"사단의 경우 핵심은 사람입니다."

정식으로 직원을 고용하고 그들이 법인에 관련된 업무를 하면 대표자를 선임하고 하나의 조직으로 활동한다.

"하지만 재단은 좀 다르죠."

재단의 핵심은 사람이 아니라 재산, 즉 돈이다.

돈을 중심으로 그 자금을 운영하는데, 사람은 임시로 고용하거나 재단의 목적에 따라 운영되는 목적을 감시할 이사와 감사만 있어도 충분하다.

"재산이 핵심이라고요?"

아마 일반인은 이해하기 힘들 것이다. 돈이 권리를 가진다는 게 뭔지.

하지만 고연미는 바로 알아들었다.

"재단요! 맞아요! 재단이라고 하면 그게 가능하겠네요."

"이게 맞는 거니?"

"맞아요. 재단이라고 하면 그걸 운영하는 건 사람이지만 그 사람이 전횡을 일삼을 수는 없거든요."

쉽게 말해서 재단에서 일하는 사람들은 모조리 임시직이다. 이사고 감사고 말이다.

그들은 그저 그 재산을 집행하는 일종의 부품 같은 개념이다. 그리고 그들의 주인은 자본이고 말이다.

"돈이 사람을 지배한다 이거군요."

"맞습니다. 그래서 사단에 비해 훨씬 전횡이 쉽지 않지요. 물론 감사가 제대로 들어온다면 말이지요."

노형진의 말에 고연미는 잔뜩 흥분했다.

"내가 왜 그 생각을 못 했지? 재단을 만들면 그쪽에서 돈을 출자해서 뭐든 할 수 있잖아요?"

"그건 그렇지. 재단이라는 것 자체가 일단 무조건 비영리이고 관리를 위한 재단을 만들 수도 있으니까."

재단을 만드는 데 무슨 특별한 목적의 제한이 있는 것은 아니다.

가령 어떤 건물이 있으면 재단을 만들고, 그 재단에서 수익을 관리하며, 그 수익으로 건물을 관리하는 구조가 가능하다.

"물론 그런 경우는 드물지만요. 아주 오래된 건물이나 물건의 경우는 그런 식으로 관리됩니다."

역사적인 물건을 관리해야 하는데 그걸 관리할 주체가 없다면 문제가 된다.

작은 물건이야 개개인이 관리할 수 있겠지만 커다란 고택이나 성 같은 것은 개인이 관리하기 쉽지 않다.

"그래서 만들어지는 게 재단이죠."

재단에서 입장료 수익이나 기부금 등으로 그 고택을 관리하는 것이다.

"그건 큰 건물 같은 걸 기준으로 하는 건 아닌가요?"

오숙자는 고개를 갸웃하며 물었다.

그런 건 큰 건물이지만 그녀가 지키고자 하는 것은 고양이 한 마리다.

"물건의 규모 같은 건 상관없습니다. 재단의 목적을 그 대상의 보호 및 관리라고 설정하면 됩니다."

"그런가요?"

"쉽게 말해서 이런 겁니다. 유미가 아무리 예쁘다고 해도 결국은 고양이죠."

그 고양이가 220억을 가지고 있다고 해서 그걸 쓸 수 있는 것은 아니다.

"하지만 재단이 관리하면 상황은 달라집니다."

재단의 목적을 유미라는 물건의 보호 및 관리로 한정하는 거다.

"그러면 유미라는 존재를 보호해야 재단이 존재할 수 있습니다."

즉, 재단의 존재 이유가 유미가 되며, 재단에서는 최선을 다해서 유미를 지켜야 한다.

그러지 않으면 그 재단의 존재 의의 자체가 사라지니까.

"유미가 죽으면 자연스럽게 재단은 사라지게 됩니다."

"남은 재산은요?"

"국가에 귀속되겠지요."

어찌 되었건 중요한 건 그 안에서 일하는 사람들이다.

"220억이면 유미에게 최고의 환경을 제공할 수 있습니다."

전담 수의사, 최고의 사료, 그녀가 가지고 놀 수 있는 최고의 놀이 시설.

"담당자들은 그걸 유지하고 유미의 스트레스 상태를 최대한 보살피면서 가능하면 오래 살리려고 하겠지요."

그래야 자기 직장이 오래가니까.

"그리고 이런 말 하긴 좀 그렇지만요, 유미가 살아 있는 동안에 그들은 최고의 꿀직장을 가지게 됩니다."

할 일도 별로 없다.

고양이라는 짐승은 워낙 개별적 독립성이 강하기 때문에 딱히 많이 놀아 줄 필요도 없다.

거기에다 개와 다르게 산책을 좋아하는 것도 아니다.

영역 본능이 강해서, 산책을 가자고 해도 안 나가는 게 고양이다.

"그들이 할 일은 세 가지 정도뿐이죠."

유미가 먹을 최고급 사료를 주문하고, 아프면 치료하고, 가끔 유미가 놀아 달라고 하면 놀아 주면 된다.

"공간이 많이 필요한 것도 아닙니다. 지금 오숙자 씨가 살고 있는 공간 정도면 됩니다."

그녀가 살고 있는 집은 64평 고급 빌라다.

안방 하나를 직원들이 쓰고 나머지는 유미의 공간이 되는 거다.

"물론 원하시는 것처럼 유미의 이름으로 재산을 돌리는 건 불가능합니다. 그건 인간의 욕심이죠."

수백억이 아니라 수천억을 짐승 이름으로 해 준다고 한들 결국 주변에서 갈가리 찢어 먹을 돈이다.

"죽는 순간에는 내가 최선을 다했다고 생각할지 모르지만, 결국 법적으로 인정이 안 되는데 무슨 의미가 있겠습니까?"

"하지만 다른 나라는 왜 그걸 가능하게 한 거죠?"

몇몇 국가들은 애완동물에게 재산상속을 할 수 있게 해 놨다. 그것이 오숙자는 이해가 가지 않았다.

"국가 예산을 늘릴 수 있는 절호의 기회니까요."

"국가 예산요?"

"말씀드렸다시피 그 동물이 죽으면 재산은 국가에 귀속됩니다. 그리고 대부분의 동물의 경우 그 수명이 인간보다 훨씬 짧지요."

더군다나 그런 나라들은 상속받은 권한은 있어도 상속해 줄 권한은 없다.

애초에 무슨 수로 상속을 해 준단 말인가?

간단한 명령어는 알아들을지 몰라도 짐승이 법률적 블라블라 하는 걸 알아들을 방법은 없으니까.

"거기에다 상속받은 짐승들은 대부분 상속을 해 주는 주인들과 오래 산 경우가 많습니다."

그렇다 보니 정부에서는 짐승들이 상속받을 수 있게 해 줌으로써 사실상 그 주변에서 그 돈에 욕심낼 수 있는 권한을 박탈하는 것이다.

"만일 그 돈을 주려고 하는 사람이 그냥 죽으면 그 돈을 가지고 온갖 싸움이 날 겁니다."

조금이라도 혈연이 있는 가족, 같이 일했던 사람, 비즈니스 파트너 등등 그들은 한 푼이라도 더 가지고 가려고 소송을 불사할 것이다.

"하지만 애완동물은 아니죠."

자기가 키웠다고 해도 그 돈을 상속해 줄 권한이 없으니까 당연히 그 재산은 어쩔 수 없이 국가에 귀속된다.

"나는 동물 인권 차원에서 그런 건 줄 알았는데요?"

고연미가 깜짝 놀라서 말했다.

그러자 노형진은 코웃음을 쳤다.

"동물 인권요? 그게 무슨 말도 안 되는 개소리입니까? 인권이 뭔데요? 인간의 권리를 줄여서 인권이라고 하는 겁니다. 그런데 동물의 인간의 권리라고 하면 애초부터 언어도단이지요. 그리고 국가가 그 정도로 동물의 권리를 챙겼다면 전 인류는 아마 지금쯤 모조리 채식주의자가 되었을 겁니다."

"그건 그러네요."

어찌 되었건 한국에서는 동물에게 재산을 상속하는 건 인정이 되지 않는다.

"그다지 어려운 건 아닌 것 같네요."

오숙자는 흡족한 얼굴이 되었다.

방법이 없다는 말만 계속 들었다. 그래서 고연미를 찾아가기는 했지만, 결국 방법이 없을 거라 생각했다.

하지만 노형진은 방법을 찾았다.

"재단 자체는 설립하기 어렵지 않습니다. 하지만 결정적인 문제가 있습니다."

"결정적인 문제요?"

"네. 자녀분들이지요."

노형진은 조용히 오숙자를 바라보았다.

지금까지 많은 사람들을 만나 왔다. 그리고 회귀 전에 이런 사건도 다뤄 봤다.

하지만 결국 나중에 후회하는 사람도 만났다.

'가족이라는 끈은 생각보다 아주 질겨.'

고양이인 유미를 가족으로 받아들여서 어떻게 해서든 돈을 주려고 하는 오숙자다.

그게 가족이라는 범위 안에 포함되어서 그런 거다.

그렇다면 그녀가 배 아파서 낳은 자식들은?

아무리 밉다고 하지만 그들을 부정한다고 끊어질까?

"이걸 시행하기 전에 확실하게 해야 할 게 있습니다. 오숙자 선생님은 진짜로 자녀분들에게 단 한 푼도 안 남기실 겁니까?"

"전혀요."

"지금의 증오가 아니라 가슴속 깊숙한 곳에서 생각을 꺼내

보세요. 지금 자녀분들이 가족으로 안 보이십니까?"

"그건⋯⋯."

오숙자는 순간 말문이 막혔다.

자식들이 밉고 짜증 난다. 하지만 가족으로 안 보이냐고?

그건 섣불리 뭐라 답할 수 없었다.

"제가 미리 준비한 게 있습니다."

"이건 뭔가요?"

"손해배상 청구 소송입니다."

노형진이 내민 건 제법 두툼한 소장이었다.

그리고 그걸 미리 듣지 못한 고연미는 깜짝 놀랐다.

거기에 써 있는 당사자들은 오숙자의 자녀들이었기 때문이다.

"이⋯⋯ 이건?"

"기본적으로 선생님의 자녀분들입니다. 제가 듣기로는 엄청나게 사고를 치고 다녔다고 하더군요. 그걸 메꿔 주신 게 오숙자 선생님이시고요."

"그건 그렇지요."

"하지만 그 사람들은 이미 성인입니다, 오숙자 선생님과는 별개의 법률적 관계를 가진."

"무슨 말을 하시고 싶은 거죠?"

"이 손해배상을 청구하십시오. 그러면 제가 이 사건을 해 드리겠습니다."

"노…… 노 변호사님?"

고연미는 노형진의 말에 깜짝 놀랐다.

자기 자식을 고소하라는 노형진의 말 때문이었다.

"그게 말이나 됩니까?"

"말이 안 되지는 않습니다. 가끔 자식에게 소송을 거는 분들도 계십니다."

노형진은 그렇게 말하면서 오숙자에게 다시 한번 소장을 내밀었다.

"여기서 모든 관계를 끊고 자녀분들에게 소송을 거십시오. 그러면 제가 유미를 위해 최선을 다해서 일하겠습니다."

오숙자는 아무 말 하지 않고 그저 그 서류만 물끄러미 바라보았다.

오늘 계약을 할 생각으로 왔기에 도장과 신분증도 가지고 있다. 그러니 여기에 도장만 찍으면 자녀들에게 손해배상을 청구할 수 있다.

"도장을 찍으시면 됩니다. 그 이후에는 저희가 다 알아서 해 드립니다. 원하시면 접근 금지 명령도 받아 드리지요."

"……."

오숙자는 그걸 물끄러미 바라보다가 눈을 질끈 감았다.

"그렇게까지 하고 싶지는 않은데요."

"그러면 제가 이 일을 하지 않을 텐데요."

"그러면 어쩔 수 없지 않을까요. 아무리 그래도 자식인데……."

"역시나."

노형진은 웃으면서 서류를 다시 회수했다.

"진짜로 자식을 버리지는 못하시겠지요?"

"그건……."

"아마 지금쯤은 본인 마음을 아셨을 텐데요?"

"하아……."

"저기, 이해가 안 가는데요."

고연미 변호사는 노형진에게 되물었다.

그녀 입장에서는 지금 벌어진 일이 이해가 가지 않았다.

하긴, 그녀는 노형진처럼 경험이 많은 것도 아니고 그렇다고 오숙자처럼 아이를 낳아 본 것도 아니니까.

"나이를 먹으면 어린아이가 된다는 말이 있지요."

노형진은 어깨를 으쓱하고는 그런 고연미에게 입을 열었다.

"더욱 감정적이고 더욱 극단적인 반응을 보입니다."

"그래서요?"

"지금 상황이 딱 그렇습니다. 물론 오숙자 선생님이 자녀들을 좋아한다는 건 아닙니다. 하지만 증오하지는 않는 거죠. 쉽게 말해서 오숙자 선생님은 자녀를 버리는 게 아니라 그냥 자녀들에게 본때를 보여 주고 싶은 걸 겁니다."

"그런 것 같네요. 이 소송장에 도장만 찍으면 되는 것을……."

하지만 그녀는 결국 도장을 찍지 못했다.

찍는 순간 자녀들과 자신의 관계가 돌이킬 수 없는 강을 건넌다는 것을 알았기 때문이다.

"본때요?"

"네, 쉽게 말하면 이런 거죠. 아이들을 굶기는 한이 있더라도 편식을 고치고 싶다는 부모의 마음 같은 거라고 생각하시면 됩니다."

"무슨 소리인지 알 것 같네요."

진짜로 자식을 버릴 마음이 든 것은 아니다.

하지만 자식들이 도무지 답이 안 보인다.

그렇다고 그냥 두자니 이 개차반 자녀들이 답이 없는 행동을 할 것은 당연하고 말이다.

"그리고 오숙자 선생님에게는 유미 역시 가족입니다. 자녀들과 전혀 다를 바가 없는 상황인 거죠."

그러니 유미에게도 뭔가를 해 주고 싶다는 마음이 부딪쳐서 이런 황당한 생각이 난 것이다.

"미안하네요. 나도 내 마음을 어떻게 하지를 못해서……."

"다들 그러십니다."

노형진은 이해가 간다는 듯 고개를 끄덕거렸다.

많은 노인들이 그렇다.

아예 연을 끊고 수십 년을 살아도, 죽음이 닥쳐오면 자기 핏줄을 보고 싶은 게 인간이다.

가족이라는 끈을 쉽게 끊을 수는 없다.

"하지만 그건 맞아요. 아이들에게 주고 나면 분명히 3년

안에 그 돈을 다 날릴 거예요."

사업한다고 날리고, 약하다 날리고, 놀다가 날리고.

"차라리 유미에게 주는 게 나을 것 같네요."

"물론 그 마음은 이해합니다. 하지만 그건 현실적으로 불가능합니다."

"재단을 이용하면 된다면서요? 재단을 만들고 거기에 기증하면 되지 않을까요?"

노형진은 고개를 흔들었다.

그녀가 자식들에게 느낀 그 분노가 느껴지니까.

하지만 자식이 아무리 개차반이라고 해도, 애석하게도 그들에게 한 푼도 안 주는 것은 불가능하다.

"그들은 분명 유류분 반환 청구 소송을 걸 테니까요."

"아…….."

고연미는 바로 알아듣고는 우울한 얼굴이 되었다.

"유류분 반환 청구?"

"네, 상속분 중에서 무조건 받아야 하는 재산을 유류분이라고 합니다."

"제가 주기 싫은데도요?"

"애석하게도 그게 불가능합니다."

유류분이란 상속자가 받아야 하는 재산으로 볼 수 있다.

가족 관계가 틀어지는 경우는 생각보다 많다.

그게 자식의 잘못 때문일 수도 있고 부모의 잘못 때문일 수도 있지만, 어찌 되었건 사이가 틀어지면 부모들은, 특히 재산이 좀 있는 부모들은 자식에게 단 한 푼도 남기지 않으려고 한다.

"하지만 그 재산을 아예 안 줄 수는 없지요."

"얼마나요? 제 자식들에게 주면 채 3년도 못 갈 텐데."

"이런 경우는 1 : 1 : 1입니다."

쉽게 말해서 220억을 나눈다면 한 사람당 3분의 1을 가지고 간다는 소리다.

"1인당 대략 73억쯤 됩니다."

"으음……."

"그리고 유류분은 원래 받았을 거라 예상되는 돈의 절반이지요."

그러면 1인당 36억의 재산을 가지고 가게 된다는 소리다.

"거기에다 상속세 50%가 붙으니 가지고 가는 돈은 대략 18억 정도라고 보시면 됩니다."

"그 정도밖에 안 된다고요?"

"그렇습니다."

노형진의 말에 오숙자는 묘한 표정을 지었다.

그럴 수밖에 없는 게, 괘씸해서 땡전 한 푼 주고 싶지 않은데 또 한편으로는 고작 18억밖에 가지고 가지 못한다는 사실에 걱정이 되었기 때문이다.

"저로서는 이러지도 저러지도 못하겠네요."

씁쓸하게 웃는 오숙자.

노형진은 그런 그녀의 고민을 간단하게 해결해 줬다.

"결국 주셔야 합니다. 그걸 가지고 고민해 봐야 사실 방법
이 없지요. 그럴 때는 과감하게 포기하시면 됩니다."

"어쩔 수 없지요."

오숙자는 쓴웃음을 지었다.

그래도 18억이면 절대 적은 돈이 아니다.

이미 그들이 가지고 있는 돈과 합하면 최소한 고생할 일은
없는 돈이다.

물론 그걸 정상적으로 썼을 때의 이야기지만.

"자녀분들의 문제는 제가 좀 해결해 보도록 하지요. 그 전
에 하셔야 할 게 있습니다."

"해야 할 일이라고 하신다면?"

"하루라도 빨리 유미의 소유권을 확실하게 넘기셔야 합니
다. 그래야 장기적으로 유류분 반환 청구 소송에서도 유리한
이점을 가지니까요."

"유미의 소유권을 넘기라고요? 하지만 유미는 제 가족이
에요."

"압니다. 그래서 미리 말씀을 드리는 겁니다. 아직은 건강
하시다고 하지만, 혹시나 오숙자 선생님이 돌아가신 후에 다
른 문제도 있고요."

"다른 문제요?"

"고양이는 물건입니다. 다시 말해서 저쪽에서 상속을 주장할 수도 있지요."

오숙자는 눈을 찌푸렸다. 지금까지 전혀 생각하지 못한 문제였으니까.

하지만 노형진은 안타깝다는 듯 말했다.

"탈무드였던가요? 이런 이야기가 있지요."

어느 마을에 사는 부자가 죽음을 앞두고 있었다.

하지만 그의 하나뿐인 아들은 그곳에 없었고, 심지어 자신이 위급하다는 사실도 몰랐다.

그걸 노예가 알고 있으니 노예가 자신이 죽으면 전 재산을 들고 도망갈 것은 당연한 일이었다.

그래서 그는 머리를 써서 노예에게 전 재산을 남기고 아들에게는 그 재산 중 단 하나만 고를 수 있게 했다.

노예는 크게 기뻐하며 그가 죽고 나서 그 유언장을 들고 아들을 찾아갔고, 아들은 처음에는 슬퍼했지만 현명한 지인의 조언을 듣고 그 노예를 골랐다.

당연히 노예가 가지고 있던 모든 재산은 그의 것이 되었다.

"고양이는 결국 재산입니다. 물건이니까 저쪽에서 상속을 주장할 수 있지요."

"그러면?"

"미리 유미의 소유권을 넘겨야 합니다."

"하지만 제가 데리고 있고 싶은데……."

"데리고 계시는 건 문제가 안 됩니다. 정확하게 표현하자면 데리고는 있지만 소유권은 재단 쪽이 가지는 거죠. 대신 오숙자 선생님은 유미의 소유권을 가진 협회에 렌트비라고 해야 하나요? 그걸 지급하는 거죠."

노형진이 그렇게 복잡하게 구성을 하는 데에는 다 이유가 있다.

"그렇게 하면 오숙자 선생님의 고양이에게는 별문제가 안 생깁니다. 만일의 사태가 벌어져도 저희가 데리고 오면 되니까요. 그리고 그 돈은 자녀분들이 유류분 반환 청구 소송을 한다고 해도 절대로 돌려받을 수 있는 돈이 아닙니다."

유류분이라는 것은 기증한 돈 같은 걸 기준으로 매겨지는 것이지 정당한 사용료는 유류분의 대상이 될 수 없다.

"그러면 제가 터무니없이 높은 가격으로 빌린다면?"

"물론 그럴 수도 있지만 그랬다가는 기만행위로 판단할 수 있습니다. 아마 한 달에 300만 원 정도면 충분할 것 같습니다만."

"300만 원요?"

"네."

그녀가 살아 있는 동안에 매달 300만 원씩 재단에 고양이 사용료를 주는 것이다.

그 돈은 자녀들도 반환 청구할 수 없다.

"무슨 뜻인지 알겠네요. 좋아요, 그렇게 하도록 하지요.

그런데 아까 말씀하신 애들에 대한 호구지책은 뭔가요?"

단돈 18억. 얼마 가지 못할 재산이다.

"안 그래도 그 문제로 말씀드릴 게 좀 많습니다. 사실대로 말씀드리자면 제가 오숙자 씨를 뵙고자 한 건 오숙자 씨와 같은 생각을 하시는 분이 한두 분이 아니기 때문입니다."

노형진도 좀 황당한 사건이라고 생각은 했다.

하지만 그동안의 경험에 비추어 볼 때 이런 사건은 절대 적지 않을 거라는 걸 알았다.

인간은 배신하지만 애완동물은 배신하지 않으니까.

그리고 인간은 감성적인 동물이다.

당연히 오숙자가 그러는 것처럼 똑같이 동물의 미래에 대해 고민하는 사람이 있기 마련이다.

"그걸 어떻게 알죠?"

"돈이라는 것은 인간에게 배신을 불러오는 놈이니까요."

새론의 성장 초기에 가장 큰 사건은 다름 아닌 정신병원 강제 감금 사건이었다.

돈 때문에 형제들이 짜고 부모를 정신병원에 넣어 버리고는 그 돈을 흥청망청 써 버린 사건.

"그 사건 당시에 많은 분들이 배신감에 연을 끊어 버렸습니다."

몇몇은 아예 친자 관계 부존재 소송을 해서 돈도 안 주려고 하기도 했다.

실제로 몇몇은 이기기도 했고 지기도 했지만…….

"중요한 건 그 이후죠."

가족에게 배신당한 사람들이 선택한 것은 의외로 다른 사람을 만나는 게 아니라 애완동물을 키우는 것이었다.

그들은 인간에게 지쳐 버린 나머지 애완동물을 키우면서 안정을 찾았다.

"어찌 보면 오숙자 선생님과 같은 입장인 거죠."

오숙자는 고개를 끄덕거렸다.

맞는 말이었다.

그녀가 그렇게 유미에게 집착하는 이유도 인간에게 질려 버려서가 아니던가?

"그런 분들을 일 때문에 만나면 하는 얘기의 80%가 자기 애완동물 자랑입니다."

그 사람들에게 애완동물이란 단순히 같이 사는 짐승을 넘어서 진짜로 가족 그 이상이 되었다.

가족들에게 배신당했으니까.

"선생님 사건을 정리하고 있자니 그런 분들이 생각나더군요."

그들은 재산을 가족에게 남겨 주고 싶어 하지 않는다.

그렇다고 몽땅 기증하자니, 자신에게 유일하게 남은 '가족'이 문제가 된다.

"세상을 살다 보면 짐승만도 못한 놈들이 있기 마련이거든요."

그건 누구보다 노형진이 잘 안다.

그리고 그런 짐승만도 못한 놈들이 사람들에게 얼마나 큰 상처를 남기는지도 잘 안다.

"하지만 오숙자 씨가 이 단체를 단순히 유미를 위한 단체가 아니라 그런 애완동물들을 위한 단체로 만들면 이야기는 달라지지요."

지금까지 한국에 주인의 사후 애완동물을 관리해 주는 단체 같은 것은 없었다.

'정상적인 사람이라면 분명 걱정이 앞설 수밖에 없지.'

애완동물이라는 존재는 지극히 개인적인 감정의 대상이다.

인간은 멀리서 굶어 죽는 사람보다 자기가 죽고 난 후의 애완동물의 미래를 더 걱정한다.

"실제로 많은 애완동물이 주인이 죽고 난 후에 버려집니다."

부모의 재산은 물려받고 애완동물은 버리는 인간들은 넘쳐 난다.

애완동물이라는 존재는 누군가에게는 장식품이고 누군가에게는 짐이다.

하지만 대부분의 사람들에게 애완동물은 단순한 물건이 아니다.

'또 하나의 가족.'

그게 애완동물이다. 법적으로는 물건일지 몰라도 말이다.

"우리 유미도 적은 나이가 아니죠."

애초에 그녀에게 올 때도 버려질 만큼 나이 먹은 유미였다.

지난 몇 년간 극진한 보살핌을 받았다고 해도 늙는 것은 어쩔 수 없다.

"길어야 5년이겠지요."

그리고 그때는 그녀도 살아 있지 않을 테고 말이다.

"그래서 제가 권해 드리는 겁니다. 재단의 목적을 정확하게 함으로써 유미를 비롯한 애완동물의 삶의 질을 향상시킬 수 있지요."

버려질 동물을 걱정하는 것은 대부분의 노인들이 마찬가지다.

그나마 가족들과 사이가 좋고 가족들과 애완동물의 사이가 좋은 경우라면 사후에도 가족으로서 남겠지만……

'현실은 그렇지 않지.'

노형진이 사실 애완동물의 권리까지 생각하고 사는 건 아니다.

하지만 현실적으로 사회생활을 하고 또 유언장을 작성하다 보면 이런 경우가 많다.

가족과 사이가 안 좋은 많은 노인들은 그 외로움을 달래기 위해 애완동물을 키운다. 그리고 그런 경우 대부분 자신이 죽고 난 후에 애완동물이 어찌 될지 걱정한다.

'그리고 대부분 결과는 비슷하지.'

보통 재산을 물려받은 가족들은 그 애완동물을 유기한다.

아니면 안락사시켜 버리든가.

"그동안 생각을 안 해 봤습니다만, 오숙자 씨의 말씀을 들어 보니 그런 단체가 필요할 것 같기는 하더군요. 그래서 제가 만나 뵈었으면 한 겁니다."

"그러면 그 단체의 수익금은?"

"당연히 유산이죠."

고양이는 재산을 물려받을 수 없다.

하지만 재단은 기증의 대상이 된다.

그리고 기증의 경우는 세금도 내지 않는다.

"그렇게 기증한 재산으로 본인 사후에 애완동물들을 관리하는 겁니다."

애완동물들에게 필요한 모든 게 제공될 테니 그들은 노후를 안락하게 보낼 것이다.

물론 만일에 대비해서 중성화는 필수적으로 해야겠지만.

"기증하는 사람이 많을까요?"

"아주 많지는 않을 겁니다. 하지만 기증 금액 자체는 많을 것 같네요. 전에도 말씀드렸다시피 돈 때문에 가족과 찢어지는 분들이 많거든요."

오숙자는 유미를 불러서 품에 안았다.

"그러면 제가 부탁드려도 될까요? 노 변호사님 말씀이 맞아요. 유미가 아무리 돈을 써 봐야 1억이나 쓰겠어요?"

먹고 마시고 하는 데 돈이 많이 든다고 해도 인간보다 많이 들진 않는다.

그렇다고 고양이나 개가 명품으로 쇼핑을 하는 것도 아니고 말이다.

제일 많이 드는 게 병원비인데, 아예 전담으로 의사를 고용해서 진료를 한다면 그것도 인건비만 든다.

당연히 남은 돈은 재단에서 다른 동물을 위해 쓸 수 있다.

"가족의 마지막을 준비하고 싶은 건 누구나 마찬가지니까."

오숙자의 고민은 길지 않았다.

어차피 이 돈을 저세상으로 가지고 갈 것은 아니니까.

"알겠습니다. 원하시는 걸 말씀하시면 마음에 들 만한 재단을 만들어 드리지요."

노형진은 부드럽게 웃으며 말했다.

이것이 법이다

짐승만도 못한

재단을 만드는 것은 그다지 어렵지 않았다.

재단의 이름은 AF로 정해졌다. 애니멀 패밀리의 약자다.

그런데 그 재단이 생기자마자 일어난 현상은 상상 이상이었다.

"네? 고양이를 맡기고 싶다고요?"

"아버님, 강아지를 맡기시는 건 좋은데요…….."

"얼마요? 빌딩 네 채요? 아니, 저기요, 어머님. 저희는 애완동물을 보호하는 곳이지 동물에게 자산 권리 이양을 해 주는 곳이 아니에요."

누구도 신경 쓰지 않았던 또 다른 가족들, 그들에게 재산을 주겠다는 사람들이 폭주했던 것이다.

"이렇게 많을 줄은 몰랐는데요?"

고연미 변호사는 연이어 전화가 오는 걸 보고 혀를 내둘렀다.

노형진 역시 상당히 놀란 표정이었다.

"저도 그렇습니다. 전화가 올 거라고 생각을 하기는 했지만……."

사실 사람도 아니고 짐승에게 재산을 남겨 줄 생각을 하는 사람은 드물다.

"하지만 의외로 사람들에게 질려 버린 사람들이 많은가 보네요."

"그건 그러네요."

최소 맡기는 금액이 5천만 원이다. 절대 작은 금액이 아니다.

하지만 그 대신에 동물들에게는 아주 쾌적한 환경이 주어진다.

개 같은 경우는 하루에 한 시간씩 두 번의 산책과 개들의 스트레스를 풀어 준다는 냄새 추적 놀이 등등이 준비되어 있고 세 명의 애견 훈련가가 계속 스트레스를 확인한다.

고양이 같은 경우는 영역 본능이 아주 강하기 때문에 자신만의 방을 주고 공동 공간에서는 다른 고양이들과 어울릴 수 있을 뿐만 아니라 여러 가지 놀이가 제공된다.

그리고 어느 쪽이든 조금만 이상 증세를 보이면 병원 수의사가 와서 바로 관리한다.

네 달에 한 번씩 건강검진을 하는 것은 기본이다.

이것이 법이다

"적은 돈이 아닐 텐데 사람들이 이렇게 많이 지원한다는 게 좀 서글프네요."

고연미는 씁쓸하게 말했다.

사실 대부분의 동물들은 그 수명이 얼마 남지 않았다.

그럴 수밖에 없는 게, 노인들과 그렇게 정이 붙을 만큼 긴 시간을 보냈다면 애완동물의 삶에서는 결코 짧은 시간이 아니기 때문이다.

"그 짧은 시간의 마지막을 보내게 해 줄 집이 없다는 게 더 슬픈 일 아닐까요? 솔직히 그렇지 않습니까? 자식이 마지막까지 챙겨 준다고 약속하면 누가 돈을 내 가면서까지 남에게 맡기려고 하겠습니까?"

"그건 그러네요."

여기에 동물을 맡기는 것 자체가 어떻게 보면 부모들과 자식들의 사이가 완전히 틀어졌다는 걸 의미한다.

"일단 한 마리당 5천만 원이라는 돈이 작은 돈은 아니지만, 또 재산이 있는 사람들에게는 그리 큰돈도 아니거든요."

조건은 간단하다. 주인이 살아생전에 애완동물의 소유권을 재단에 넘기고 재단에서 다시 빌려 가는 형태로 해서 돈을 준다.

그리고 미리 재단에 5천만 원을 제공해서, 그 돈으로 자신의 비상시에 재단에서 동물의 노후에 대해 책임져 준다.

간단하면서도 터무니없는 사항 같지만 의외로 그만큼 돈

을 주는 사람은 많았다.

물론 모든 동물이 다 똑같이 5천은 아니다.

연령별로 다르다. 1세부터 5세까지는 1억, 5세부터 10세까지는 8천, 그 이상은 5천이다.

하지만 대부분 10년 가까이 지낸 가족을 맡기는 것이 노인들의 현실이었다.

"그나마 그냥 맡기는 건 다행인데……."

고연미는 떨떠름한 표정으로 서류를 건넸다.

관리를 조건으로 전 재산을 맡기겠다는 사람들이 벌써 여덟 명이다. 그리고 그들의 재산 가액은 무려 158억.

"자식들이 얼마나 꼴도 보기 싫으면……."

심지어 오숙자의 재산은 빠진 수치다.

"벌써 공간이 다 차 가는 상황이에요. 어쩌죠?"

"어쩌긴요. 새로운 가족을 찾아 줘야지요."

"무슨 수로요?"

노형진은 씩 웃었다.

"기억하십니까? 오숙자 선생님의 자녀분들에게 호구지책을 만들어 주기로 했잖습니까?"

"그랬지요."

"그러니까 그 호구지책을 만들어 줘야지요."

"그거랑 지금 상황이랑 무슨 관계가 있다는 건지 이해가 안 가는데요."

이것이 법이다

"이제 그들에게 일거리를 줘야지요, 후후후."

⚖️

"뭐라고요?"

오숙자의 세 자녀는 당황스러운 말에 정신이 반쯤 나갔다.

"고양이는 재단에 맡길 거다. 그리고 전 재산도."

"엄마! 미쳤어요?"

"아니, 그 고양이 새끼가 뭐라고!"

"이런 씨발! 내가 그 고양이 새끼 당장 죽여 버리겠어!"

길길이 날뛰는 세 사람.

특히 아들은 당장이라도 그 고양이를 죽이겠다고 길길이 날뛰었다.

하지만 그다음 순간, 그들 중 누구도 움직이지 못했다.

"물론 다 주는 건 아니다. 하지만 재단에 말해 놨다, 우리 유미를 데리고 있는 기간에 따라 재산을 나누라고."

"뭔 말이에요, 엄마?"

"그 고양이 새끼가 우리보다 중요해요?"

황당하다는 듯 말하는 두 자매.

하지만 오숙자는 이미 노형진에게 이야기를 다 들었다.

"너희들이 유미를 미워하는 거 안다. 그리고 내 재산을 노리는 것도 알고, 나 죽으면 그 재산을 다 날려 먹을 것도 알아."

"아니, 누가 날려 먹는다는 거야?"

"그런 건 생각한 적이……."

"조용히 하고 앉아! 엄마가 바보인 줄 알아!"

수십 년을 연예계에서 살아온 그녀가 자식들의 얄팍한 속셈을 모를 리가 없다.

"재산은 모조리 거기에다 맡길 거야."

"누구 마음대로요! 엄마가 마음대로 안 준다고 끝인 줄 알아요?"

오숙자는 쓴웃음이 났다.

'그래, 그렇겠지.'

노형진에게 재단에 대해 알아보고 유류분 청구에 대해 알았다.

그런데 자식들은 그걸 이미 알고 있었다.

그 말은, 그녀가 기부를 할 경우에 대해서도 이미 알고 경계하고 있었다는 소리다.

"유류분 청구 소송하려고?"

"그건……."

그 순간 그들 앞으로 뭔가가 툭 던져졌다.

그리고 그걸 본 세 자녀는 얼굴이 사색이 되었다.

노형진이 만들었던 소송장. 그게 난데없이 나타난 것이다.

노형진은 그걸 그냥 오숙자를 설득하기 위해서만 만든 게 아니었다.

이것이 법이다

노형진이 그걸 만든 이유는 그들의 움직임을 제한하기 위함이었다.

"어…… 엄마?"

"너희들이 사고 친 거 수습하는 데 들어간 돈이다. 대학 졸업하고 나서 친 사고를 기준으로 한 거다."

엄마가 가진 돈을 어떻게 해서든 빼앗을 생각만 했지 설마 돈을 토해 내라고 할 줄은 몰랐기에, 세 남매는 뭐라고 말도 못 하고 멍하니 오숙자를 바라보았다.

"현숙이 너는 사업한다고 갖고 간 12억, 종현이는 변호사비 6억, 그리고 현지는 위자료랑 변호사비 8억 5천."

"어…… 엄마?"

"너희들 말하는 꼴을 보아하니 아마 내가 기부하면 소송해서 유류분 받아 낸 후에 그 돈을 어디다 쓸지 고민하는 것 같더라?"

오숙자는 자녀들을 보면서 차갑게 말했다.

노형진의 말이 맞다. 그녀에게 이 아이들은 아직 애들이다.

어른으로서 책임감이 없는 아이들이라고 해서 그냥 놔두면, 그녀가 죽은 후에는 망하는 것 말고는 아무것도 남는 게 없을 것이다.

"이미 변호사랑 이야기해 봤다. 너희들이 가지고 갈 수 있는 유류분이 18억이라고 하더라? 세금 빼고."

"……"

"그리고 이건 세금하고 아무런 상관 없는 돈인 거 알지? 갚아. 너희들이 못 갚으면 이건 상속분에서 제외할 거야."

노형진의 계획. 그건 자녀들에게 소송을 통해 돈을 받아내는 것이었다.

"그리고 너희들, 오늘부터 매달 300만 원씩 생활비 내놔."

"네? 엄마?"

아까와 다르게 찍소리 못 하고 눈만 데굴데굴 굴리는 세 남매.

"내 나이가 있잖니. 내가 언제까지 공연을 다녀야 해?"

"아니, 엄마가 무슨 돈이 필요하다고 그러세요? 가지신 돈이 얼만데!"

현숙은 다급하게 엄마에게 매달렸다.

안 그래도 현재 그녀의 남편이 하는 사업은 망하기 직전이다.

더군다나 그녀가 가지고 간 돈이 제일 많다.

거기에 생활비까지 내야 한다고 하면 그녀는 망할 수밖에 없다.

"내가 가진 돈은 내 돈이고. 법적으로 너희들이 내 보호자가 되어야 하는 거 아니니?"

"그건…….."

일반적으로 보호 대상이라고 하면 사람들은 어린아이나 장애인을 생각한다.

하지만 법적으로 노인도 보호 대상이다.

성인이라는 굴레로 대부분의 부모들에게 지급을 하지 않아서 그렇지, 현실적으로는 노인들은 판단 능력이 떨어지고 돈을 벌 수 있는 능력도 떨어지기 때문에 자녀들의 보호가 절실하다.

"안 준다고 하면 난 재산 못 준다."

"네?"

"모든 거 다 모아 둘 거야."

오숙자는 독하게 몰아붙였다.

이러지 않으면 자식들이 정신을 차릴 가능성이 제로라고 생각했기 때문이다.

"이미 변호사에게 알아봤다. 너희가 나한테 하는 것에 따라서 유류분도 영향을 준다고 하더라?"

가령 그들이 부모에게 생활비를 지원하고 그녀를 위해 최선을 다했다면 유류분의 퍼센티지가 늘어날 수도 있다.

하지만 반대로 그녀를 한 번도 찾아오지 않고 오로지 그녀의 돈만 빼먹었다면 유류분의 지분 역시 낮아진다.

"온 김에 여기에 다 사인하고."

"이게 뭔 말이에요?"

"한글 못 읽어? 효도 계약서잖아."

효도 계약서라는 말에 종현은 눈을 찌푸렸다.

"무슨 효도를 계약서까지 써 가면서 하라고 해요?"

"싫으면 말렴. 물론 그로 인한 재산 분할에는 이의 없는 것으로 알겠다."

"……."

종현은 입을 다물었다. 자신이 생각해도 그건 아닌 듯했으니까.

'그래. 사인만 하고 안 지키면 뭐 어쩌겠어?'

어차피 어머니가 살 수 있는 시간이 길지는 않다.

거기에다 이런 효도 계약서는 사실 입증하기도 쉽지 않고 그걸 가지고 싸우는 것도 쉽지 않다.

가령 효도를 한다는 조항이 들어간다고 해도, 그 효도라는 개념은 너무나 폭넓고 해석의 여지가 많다.

또 부모님에게 일주일에 한 번은 전화한다고 쓸 경우, 전화하는 사람이 당사자인 자녀인지 배우자인지 아니면 손자나 손녀인지도 나와 있지 않다.

"알았어요. 사인하면 되잖아요, 사인을……."

막 볼펜을 집어서 사인을 하려던 종현은 그대로 얼어붙었다.

"이게 뭐예요?"

"아까부터 왜 그러니? 효도 계약서라고 그랬잖니."

"아니, 그게 아니라……."

분명 효도 계약서는 맞다. 그런데 그 내용이 너무 상세했다.

"한 달에 1인당 300만 원 이상 생활비로 입금할 것. 전화는 일주일에 한 번, 가족 구성원 전원이 한 번씩 할 것, 나가서 사는 경우 한 달에 한 번 이상 가족 구성원 전체가 인사하러 올 것⋯⋯."

노형진은 많은 사람들의 효도 계약서를 써 줬다.

하지만 대부분의 효도 계약서는 두루뭉술하게 쓰는 바람에 실제로는 거의 지켜지지 않았다.

그래서 노형진은 명확하게 표현될 수 있는 계약서를 제작한 것이다.

그리고 제일 핵심은 바로 마지막 부분이었다.

"유산의 상속은 효도 계약의 이행 여부와 더불어 유미와의 생활시간을 기준으로 판단해서 이루어지는 데 동의할 것?"

쉽게 말해서 지금까지 그토록 학대해 왔던 그 고양이와 얼마나 친밀하게 잘 지냈느냐에 따라 유산을 나눠 주겠다는 거다. 그것도 유미가 사망한 후에.

"너희들이 엄마를 이빨 빠진 호랑이인 줄 알았나 본데, 그렇게는 안 돼."

오숙자는 당황하는 아이들을 보면서 참으로 오랜만에 속이 시원하다는 생각을 했다.

"우쭈쭈주!"

캬하아아!

"야옹아! 아니, 유미야! 이리 온!"

캬악!

결국 양쪽에서 시달리던 유미는 가장 앞에 있던 종현의 얼굴에 세차게 선을 몇 개 선사하면서 구석으로 도망갔다.

"잘하는 짓이다."

고연미는 어떻게 해서든 유미와 친해지려고 하는 세 남매를 보고는 피식 웃었다.

"진짜 어떻게 그런 생각을 하셨어요?"

어찌 되었건 유류분 때문에 돈을 안 줄 수는 없다.

하지만 노형진은 그걸 이용해서 멋지게 저들에게 한 방 먹였다.

"돈을 안 줄 수는 없습니다. 하지만 유언장에 따라서 상속 시기는 마음대로 정할 수 있지요."

노형진은 피식 웃으며 말했다.

"법에 언제까지 상속을 끝내야 한다는 규정은 없거든요."

노형진은 오숙자와 함께 여러 가지 준비를 했다.

그중 하나가 애니멀 패밀리를 재산관리인으로 내세우는 것이다.

유미는 공식적으로 오숙자의 고양이가 아니라 AF의 고양이다.

당연하게도 그녀를 관리하도록 재산을 기부한 사람은 오숙자고.

"고양이와 친해진 정도에 따라 재산을 분할한다니. 그런 생각은 꿈에도 하지 못했어요."

"그렇게 되면 싸움의 대상은 우리가 아닙니다. 저들이 되지요."

가령 현숙과 현지가 왔는데 종현이 안 왔다?

그러면 그만큼 종현은 시간 지분에서 불리해질 수밖에 없다.

당연히 종현 입장에서는 미치고 팔짝 뛸 일이지만 어쩔 수가 없다.

"하지만 서로 안 오기로 짤 수도 있잖아요?"

"그렇게 서로에게 믿음이 강할까요? 서로 상대방이 막장이라고 생각하고 있는데요."

만일 모두가 안 오기로 해 놓고 그중 한 사람이 단 한 시간만 왔다 간다고 하면 그는 압도적인 비율로 재산을 가지고 가게 된다.

시간이 아니라 같이 있었던 퍼센티지가 중요한 만큼 싫든 좋든 어쩔 수 없이 가야 한다.

그럴수록 자기들끼리 싸움을 하게 된다.

물론 그런다고 해도 유류분까지는 각자가 가지고 가겠지만, 그 이상은 결국 조금이라도 유미에게 잘 보인 사람이 가지고 가게 된다.

"당장 유미를 보세요. 절대로 같이 잘 지낼 생각이 없어 보이니까요."

종현은 얼굴에 난 발톱 자국을 부여잡고 바닥을 데굴데굴

구르고 있었지만 현숙과 현지는 그런 종현을 무시하고 애타게 유미를 따라갔다.

하지만 이내 그들은 입구를 막은 직원에게 걸렸다.

"여기까지입니다."

"야! 비켜! 비키라고!"

"안 비켜?"

어떻게 해서든 유미를 꼬시기 위해 노력 중이던 그들은 다급하게 외쳤지만 그 이상은 불가능했다.

"분명 여기 이상은 들어가지 못한다고 말씀드렸을 텐데요? 더 이상 들어가려고 하시면 오숙자 선생님에게 연락을 드리겠습니다."

"……."

두 사람은 힘없이 몸을 돌렸다.

그럴 수밖에 없는 게, 오숙자가 못을 박았으니까.

같이 있는 시간은 서로가 친해진 걸 기준으로 하지 강제로 잡고 있거나 가두어 두는 것은 포함되지 않는다고.

"하지만 저 사람들은 어떻게 해서든 일단 자기 옆에 두면 친해질 거라 생각할 겁니다."

당연히 그럴 리가 없다.

그리고 사이가 좋지 않은 사람에게 강제로 묶어 두는 것도 유미에게는 상당한 스트레스다.

"당연하게도 오숙자 씨는 그걸 원하지 않으니까요."

그래서 일정 이상 선을 그어서 그 이상은 접근하지 못하게
해 놨다.

결국 저들은 정해진 공간에서 최대한 유미를 꼬셔야 하는
데, 그게 쉽지 않을 것이다.

"아마 고양이한테 갑질당할 줄은 생각도 못 했을 겁니다."

노형진은 피식 웃으며 말했다.

"그리고 그게 이제부터 시작일 거라고는 더더욱 생각도 못
했을 테고요."

노형진의 눈은 반짝반짝 빛나고 있었다.

⚖

"뭐…… 뭐라고요?"

종현은 깜짝 놀랐다.

"엄마! 어떻게 그런 말을 하세요!"

"내가 잘못 말했니? 네가 그 돈을 가지고 가면 당연히 마
약이나 하겠지."

"이미 마약 끊었다고요!"

"지금까지 네가 그 소리를 몇 번이나 했을까? 당장 경찰서
가서 마약 검사 한번 해 볼까?"

그러자 종현은 아무런 말도 못 하고 입을 다물었다.

그리고 종현이 불리해지자 현숙과 현지는 바로 그를 물어

뜯었다.

"그러니까요! 엄마 말이 맞아요! 오빠를 어떻게 믿고 돈을 맡겨요?"

"당연히 그 돈을 관리하기 위해서는 믿을 만한 사람에게 맡겨야 한다고 생각해요."

"너희들!"

"조용히 해! 너는 이번 일에 대해 할 말이 없어."

노형진의 조언에 따라 오숙자는 종현을 먼저 무력화시키기로 했다.

가장 확실하고 가장 편하게 무력화시킬 수 있는 게 종현이니까.

"너는 마약 경험이 있어서 안 돼."

종현은 벌써 세 번이나 마약 경험이 있다. 그리고 지금도 마약을 하고 있다는 것쯤은 오숙자도 어렵지 않게 알 수 있었다.

"그럴 수는 없어요."

"그러면 경찰에 가서 정식으로 검사를 하고 아니라고 해 보라니까."

서로 물어뜯는 남매들을 보면서 오숙자는 기분이 씁쓸했다. 자식들이 돈 때문에 이렇게 싸우는 걸 좋게 볼 수는 없으니까.

하지만 이내 마음을 강하게 먹었다.

이것이 법이다

노형진이 한 말이 있다.

―부모들은 자식들이 돈 때문에 싸우면 싸우지 못하게 하고 화해시키려고 합니다. 하지만 그건 언제나 실패합니다. 그럴 수밖에 없습니다. 그들에게 있어서 형제는 적이니까요. 화해를 시키려면 그들이 서로에게 기대게 할 수밖에 없습니다. 하지만 돈이 있는 이상, 그들이 서로에게 기대도록 할 수가 없지요.

노형진의 말이 맞다.
부모의 마음은 화해일지 몰라도 자식들은 아니었다.

―그들에게서 모든 걸 빼앗아야 합니다. 그리고 그들이 화해를 하고 나서야 그 돈에 손을 댈 수 있게 만들어야 합니다.

그랬기에 오숙자는 더더욱 흔들리는 마음을 다잡았다.
"종현이 너는 성년 후견인 제도로 돈에 대한 사용권을 통제할 거야."
노형진이 제시한 첫 번째 방법. 그건 다름 아닌 첫째 종현의 자금을 막는 것이다.
그는 결혼도 하지 못했고 지금도 오숙자의 집에서 혼자 산다. 당연히 그가 가지고 있는 모든 것은 오숙자의 것이다.

"엄마…… 제발…… 제발……."

종현은 그제야 아차 싶었다.

자신이 오숙자를 이빨 빠진 호랑이, 아니 종이호랑이 취급하면서 지냈지만 결국 돈을 쥐고 있는 것은 종현이 아니라 오숙자였다.

"엄마, 속지 마. 오빠 처음 마약 걸렸을 때도 저랬잖아."

"내 기억이 맞으면 두 번째에도 저랬지?"

"두 번째만 저랬어? 세 번째에도 똑같았던 것 같은데?"

현숙과 현지는 종현을 물어뜯었다.

라이벌이 사라지면 자신들이 돈을 더 가지고 갈 수 있을 거라고 생각했으니까.

'내 애들이지만 참…….'

사실 현숙과 현지의 생각은 틀렸다.

종현이 돈을 가지고 가지 못하지는 않는다. 다만 그걸 마음대로 쓰지 못할 뿐이다.

그러나 그걸 알지 못하는 종현은 눈물을 흘리면서 빌었다.

그라고 해서 마약을 끊으려고 하지 않은 게 아니다.

하지만 마약을 끊었을 때 오는 무지막지한 금단증상, 그게 두려웠다.

온몸이 사시나무 떨리듯 떨리고 세상이 비틀어지고 누군가 온몸을 두들겨 패는 것처럼 아프다.

게다가 그 증상을 이겨 낸다고 해서 더 이상 유혹에 흔들리지 않는 것도 아니다.

어머니에게 잡혀서 강제로 정신병원에 갇혀 버렸을 때도 결국 금단증상은 이겨 냈지만 마약을 끊지는 못했다.

"안 된다."

오숙자는 단호하게 마음을 먹고 선을 그었다.

그리고 라이벌 하나를 제쳤다고 좋아하는 철없는 두 딸을 보고 쓴웃음을 지을 수밖에 없었다.

다음 차례가 자신들이라는 걸 모른다는 사실에 왠지 한숨만 나왔다.

⚖️

현숙은 종현이 상속권을 박탈당했다고 생각해서 신이 나 있었다.

그리고 그래서 자신이 물려받을 재산이 늘어날 거라 생각했다.

하지만 그 생각은 이내 무너지고 말았다.

"이…… 이게 뭐예요? 엄마, 이게 뭐냐고요!"

"보면 모르니?"

현숙은 다급하게 달려왔다.

"전에 보여 줬잖니."

어깨를 으쓱하는 오숙자.

"네가 나한테 빌려 간 돈 12억이랑 그 이자잖니?"

"그건⋯⋯."

말이 빌려 간 거지 사실대로 말하면 그냥 가져간 것이다.

진짜로 갚을 생각은 없었다.

대부분의 경우 자식에게 사업 자금을 준다고 하면 말로는 빌려준다고 하지만 거의 돌려받을 생각을 하지 않는다.

아니, 못 한다.

그럴 때쯤이면 이미 상속을 생각할 나이이기 때문이다.

"엄마, 그거 나 주는 거 아니었어?"

"내가 언제 준다고 했니? 빌려준다고 했잖니. 그때도 계약서 쓰고 그랬던 것 같은데?"

"그거야 그런데, 이제 와서 이러는 건 아니지!"

"아니긴 뭐가 아니야. 이자도 안 주면서. 이자 안 주면 계약 해지는 당연한 거 아냐?"

현숙은 아무런 대꾸도 하지 못했다.

진짜로 오숙자가 돈 받을 게 있다는 것을 알아차린 것이다.

"이 돈 안 주면 나 그 채권 팔아서 생활해야겠다."

"채⋯⋯ 채권을 팔다니? 누구한테 그걸 팔아!"

분명 개인적인 채권은 거래의 대상이다.

물론 재산이 220억이나 되는 오숙자가 그걸 팔아서 생활한다는 게 말도 안 되는 소리이기는 하지만, 채권자가 그 채권을 팔겠다는데 그걸 채무자인 현숙이 막을 방법은 없었다.

"물어보니까 AF에서 사 준다고 하더라."

현숙은 손이 바들바들 떨렸다.

어머니가 노리는 게 뭔지 알아차린 것이다.

'상계.'

채권을 팔 때는 할인이라는 게 들어간다.

쉽게 말해서 그 위험성에 따라 그 가치가 떨어지는 것이다.

그리고 이 채권의 경우 악성 채권에 들어간다.

고질적으로 자주 빌려 갔고 회사는 회생의 가능성이 거의 없는 데다가 약속된 이자는 단 한 번도 지급된 적이 없기 때문이다.

'그게 뭐야!'

이런 경우 대략 20% 정도의 가격까지 그 가치가 떨어진다.

쉽게 말해서 원래 가격의 20%라는 소리다.

그런데 애초에 AF는 오숙자가 기증해서 만들어진 단체다. 그리고 그 돈은 오숙자에게서 나왔다.

그러니까 AF가 오숙자가 기증한 돈을 주고 오숙자의 채권을 사는 형태가 되어 버리는 것이다.

당연하게도 현숙이 나중에 AF에 유류분 반환 청구 소송을 걸었을 때 AF가 그 돈과 그 채권을 상계 처리해 버리면, 현숙은 터무니없이 적은 돈만 받게 된다.

당장 원금이 12억이니 법정 연 이자를 따지면 지금은 30억은 될 것이다.

그런데 그걸 나중에 청구하면 현숙이 받을 수 있는 돈은 36억이니, 기껏 받아 봐야 6억이다.

문제는 그 이후에 부여될 상속세다.

상속 시 상속세는 50%, 그러니까 18억을 내야 한다.

돈을 받기는커녕 도리어 18억이라는 세금을 내야 하는데 그 돈을 낼 여유가 있었다면 현숙이 이렇게 오숙자에게 돈을 빌려 달라고 할 일도 없을 것이다.

"엄마…… 제발…… 제발……. 다시는 안 그럴게. 제발 엄마, 한 번만 봐줘."

상황이 돌변하자 갑자기 싹싹 비는 현숙.

오숙자는 그걸 보며 가슴이 아파 왔다.

하지만 이미 독하게 마음먹은 오숙자는 선을 확실하게 그었다.

"아니, 돈을 주기 싫으면 말아. 어차피 그 돈은 네 돈이 아닐 테니까."

"어…… 엄마! 엄마!"

현숙은 그제야 자신이 한 짓을 후회했지만, 이미 상황은 돌이킬 수 없는 강을 건너고 있었다.

⚖

"어쩌지? 어쩌지?"

현지는 안절부절못하고 있었다.

그녀도 생각이 있는 사람이다.

종현과 더불어 현숙까지 사실상 팽 당했다.

그걸 보면서 오숙자가 자식에게 돈을 주기 위해 그럴 거라고 생각하는 사람은 아무도 없을 것이다.

도리어 현지는 자신 역시 팽 당할 거라 생각해서 매일같이 공포에 떨었다.

그런 현지에게 현숙과 종현이 찾아온 건 시간이 얼마 지나지 않았을 때였다.

"너도 이러다 팽 당하는 거 알지? 너도 소장 받았잖아?"

"그건 그런데……."

"그 채권, 나처럼 넘어가면 어쩔 건데?"

"……."

현지는 현숙의 말에 대꾸를 하지 못했다.

그리고 그런 현지를 종현이 마치 악마처럼 꼬셨다.

"더군다나 네가 친 사고도 한두 푼짜리가 아니었잖아? 네가 학생 건드려서 그 부모한테 준 돈은 이야기도 안 나왔어. 엄마가 일이 이 지경이 되었는데 그 돈은 달라고 하지 않을 거라고 생각해?"

"그…… 그러면 어쩌라고? 내가 뭐 방법이 있어? 우리가 이렇게 될 줄 알았느냐고!"

가족이니까, 그러니까 어머니는 당연히 자신에게 약자이

고 돈을 줄 수밖에 없을 거라고 생각했다.

하지만 일이 터지기 시작하니까 도무지 답이 없어 보였다.

"방법은 하나뿐이야. 우리가 어떻게 해서든 엄마를 설득해서 유언장을 고치는 거야."

"뭐? 그게 무슨 소리야? 설마……."

현지는 흠칫했다.

엄마를 죽이자는 말로 들렸기 때문이다.

"아니 아니, 아니야."

그런 현지의 생각을 종현은 정확하게 고쳐 줬다.

"엄마를 죽이자는 게 아니야. 엄마를 어떻게든 설득하자."

"뭐? 어떻게? 그게 가능하겠어? 엄마 고집이 이만저만 쇠고집이 아니잖아!"

현지의 말에 종현은 이를 악물었다.

"방법이 있어. 쇠고집이 아니라 기차 레일로 만든 고집이라도 꺾을 수 있는 방법이."

"도대체 무슨 짓을 하려는 거야?"

현지는 걱정이 되어서 심장이 미친 듯이 뛰었다.

아무리 그래도 부모에게 뭔가를 한다는 게 마음이 편하지 않았기 때문이다.

현지의 표정에서 생각을 읽은 듯, 종현이 날 선 목소리로 되물었다.

"그러면 너한테 달리 해결책이라도 있어?"

종현의 말에 현지는 침을 꿀꺽 삼켰다.

있었다면 이렇게 공포에 떨고 있지는 않을 것이다.

"지금 상황, 그냥은 못 넘어가. 너도 알잖아?"

"그건 그런데……."

"상식적으로 그렇잖아. 고작 고양이 새끼일 뿐이야. 그 짐승 새끼한테 전 재산을 주겠다고? 그게 정상이라고 생각해? 아니야. 절대 그게 정상은 아니지."

"맞아. 우리는 자식이야. 자식을 버리고 고양이한테 전 재산을? 하! 말도 안 되는 소리지."

현숙과 종현의 말에 현지는 침을 꿀꺽 삼켰다.

그녀 또한 아무리 생각해도 그것 말고는 방법이 안 보였으니까.

"하지만 그 노형진인가, 그 변호사가 있잖아. 그놈이 엄마한테 모두 조언을 해 주는데?"

종현이 침을 꿀꺽 삼켰다.

이미 알고 있다. 그래서 모든 준비를 다 해 놨다.

"사실은 준비해 놓은 게 있어."

⚖️

"아마 오숙자 선생님을 속이려고 할 겁니다."

노형진은 오숙자를 보면서 말했다.

그리고 오숙자는 어리둥절한 표정이 되었다.

"저를 어떻게 속여요?"

"유언장의 내용을 바꿔야 하니까요."

"유언장을요?"

"이 상태로 간다면 조만간 자신들이 완벽하게 팽 당한다고 생각할 테니까요."

"하지만 저는 그렇게 생각하지 않는데요."

지금 오숙자가 이러는 건 어떻게 해서든 자녀들을 되돌리기 위한 노력이다.

"하지만 사람들은 자기 기준으로 판단하죠. 아마 지금쯤 자녀분들은 오숙자 선생님이 제정신이 아니라고 생각하지 않을까요?"

오숙자는 아무런 말도 못 했다. 그 말이 사실이니까.

사실 유미에게 전 재산을 주겠다고 생각한 건 즉흥적이었지만 그 배경에는 아이들이 그녀에게 준 상처가 있었다.

"하지만 대부분의 사람들은 남의 상처에 대해 무척이나 둔감한 편이지요. 설사 그게 자기 부모라고 해도 말이지요. 아니, 부모라서 더욱 둔감한 걸지도 모르겠네요."

자신이 상처를 주면 자신을 버릴 수 있는 남과 다르게, 부모는 자신을 버리지 못할 거라고 생각하니까.

"아마 지금쯤 다른 방법을 찾으려고 할 겁니다."

하지만 방법은 없다.

이것이 법이다

그녀를 정신병원에 강제로 입원시키자니 그녀는 유명인이고 주변에서 그녀를 지켜 줄 만한 사람이 많다. 더군다나 노형진이라는 변호사가 있고.

"다른 하나는 죽이는 건데, 이 상황에서 돌아가시면 유언장이 집행되죠."

물론 소송의 경우라면 당사자가 사라지기 때문에 소송 자체는 사라질 것이다.

하지만 그런다고 해서 그녀의 채권이 사라지는 것은 아니다.

유언장으로 채권이 이미 AF 쪽으로 가도록 해 놨기 때문에 당장 소송이 사라진다고 해도 결국 모든 게 날아가게 되어 있다.

"남은 건 하나뿐이지요. 오숙자 선생님을 속여서 새로운 유언장을 작성하게 만드는 것요."

"제가 그렇게 쉽게 속을 리가 없잖아요?"

"그건 그렇지요. 정상적인 상황이라면 말이지요."

"네? 그게 무슨 말이죠?"

"종현 씨 문제 말입니다. 종현 씨는 마약을 취급하는 사람입니다. 그가 또 약을 구하지 못할까요?"

오숙자는 흠칫했다.

설마 부모에게 그렇게까지 할까 하는 생각이 순간 들었지만, 그동안 자신에게 해 온 세 사람의 행동을 생각하면 충분히 그러고도 남는다.

"적당한 약을 쓰면 상대방에게 새로운 계약서나 유언장에 도장 찍게 만드는 건 어려운 일도 아니지요."

그리고 그걸 가지고 기존 변호사와 싸울 수 있다.

그런 경우 재판부는 새로운 유언장을 우선시하는 경향이 있다.

"설마 이렇게 될 줄 알았나요?"

"알고 있었다고 봐야겠지요."

수백억의 재산을 날릴 수밖에 없는 상황에서 그들의 선택지는 그다지 많지 않았으니까.

"애초에 오숙자 선생님이 그러셨잖습니까? 아이들을 차마 버릴 수 없다고. 그렇다고 유미도 버릴 수 없고요."

물론 유미야 돈을 충분히 내고 맡기면 그만이다. 그녀가 AF를 만들었다고 하지만 전 재산을 기부한 것은 아니니까.

"저들은 좋게 말하면 설득, 나쁘게 말하면 속임수를 써서 선생님에게 가짜 유언장을 만들어 내려고 할 겁니다. 그리고 그걸 가지고 기존 유언장과 싸우려고 하겠지요."

"그걸 알면서 왜……?"

오숙자는 이해가 가지 않았다.

그걸 알면서도 노형진은 세 사람을 코너로 몰아붙인 것이니까.

정확하게 말하면 그렇게 될 수밖에 없도록 노형진이 몰아붙인 거지만 말이다.

이것이 법이다

"원래 상속권은 어지간하면 박탈당하지 않습니다."

친자식이지만 진짜 마음에 안 들어서 땡전 한 푼 주기 싫다고 해도 유류분을 안 줄 방법은 없다.

"하지만 단 하나, 상대방이 그걸 목적으로 움직이면 달라집니다."

"달라져요?"

"상속권자에게 위해를 가하거나 속임수로 상속을 받으려고 하는 경우죠."

그리고 이번 경우, 전자는 불가능하다. 남은 것은 후자뿐이다.

"그리고 그게 드러나는 순간 그들의 상속권은 박탈됩니다."

노형진은 살벌하게 웃었다.

"그때도 과연 어머니이신 오숙자 선생님 앞에서 고개를 뻣뻣하게 들 수 있을지는 두고 보시면 압니다, 후후후."

다음 권으로 이어집니다

ROK
MEDIA
로크미디어

검사, 김서진

이해날 현대 판타지 장편소설

**No방심 작가 이해날의 검사물 리턴즈!
그 검사의 목숨을 건 외줄 타기가 시작된다!**

차기 검찰총장인 김영준에게 살해당하고
그의 조카 김서진으로 눈을 뜬 서준경
모처럼 엄친아 스타 검사로 잘나가나 싶었지만
빙의 전 김서진의 추락 사고 뒤에도
빙의 후 이어지는 사건 사고 뒤에도
김영준이 있었음을 깨닫는데……

**살아남기 위해서는 끌어내려야 한다!
갑갑한 현실을 한 번에 날려 줄
전현직 검사의 서바이벌 라이프 大개막!**

천외천의 주인

한수오 신무협 장편소설

어서와
내던전은
처음이지

한시웅 퓨전 판타지 장편소설

던전에서 나는 모든 것이 돈이 되는 세상!
건물주 위에 던전주, 복권보다 어려운 인생 역전!
……을 했는데 왜 더 힘드냐?

유전병 탓에 아버지의 투병 생활이 길어지며
생계를 위해 쉬지 않고 일하는 연호,
아버지의 부탁으로 벌초를 위해 찾은 선산에 던전이 생겼다!

-던전 주인으로 각성했습니다. 던전을 관리할 수 있습니다.

헌터로 각성까지 해 이제 떵떵거리며 살 줄 알았는데,
괴수 한 마리 없는 텅 빈 던전이라니!
괴수를 직접 잡아 와 던전에 풀라고?

성장시킬수록 더 수상해지는 던전!
평화로운(?) 던전계에 날아든 괴상한 던전주!

어서 와, 내 던전은 처음이지?

허원진 스포츠 장편소설

우리 아들은

월드클래스

회귀자 아빠와 초능력자 아들
두 능력자가 모여서…… 축구?

평범한 고등학생 영신
평범한 축구 2부 리그 코치 아빠
그들의 무미건조한 일상에 들이닥친 변화

"사실 이 아버지는…… 미래에서 왔단다."
"하하, 아버지, 저는 초능력이 생겼습니다."
"뭔 개소리야?"
"네?"

미래 축구계의 데이터를 가진 아빠
골이 들어갈 위치가 보이는 아들
황소 같은 피지컬은 덤!

아빠의 경험과 아들의 능력!
환장의 부자 듀오(?)가 축구계를 들이받는다!